Omslag & binnenwerk: B'@rt,
                      Grafischebom@gmail.com I Arnhem
Drukwerk: Rikken Print, Gendt

ISBN 978-90-8660-051-9

Een nieuwe kans

liefdesroman

Bianca van Strien

Proloog

Met een zucht legde de drieëntwintigjarige Nicole Schothofen de telefoon neer. Natuurlijk vond ze het leuk om een afspraak met haar vroegere schoolvriendin Kerstin te hebben. Ze vroeg zich alleen af, waarom het zo nodig was om aan die tijd vast te houden. Het was die ene keer per jaar altijd erg gezellig, maar het enige wat ze deden was terugkijken op hun schooltijd en praten over klasgenoten. Misschien moest ze maar eens aanvaarden dat die schooltijd niet meer bestond en zich op het heden concentreren. Het werd zelfs tijd dat ze zich bezig ging houden met haar toekomst, want het was niet duidelijk waar het met haar naartoe ging. Vooral haar relatie met George, ze was er inmiddels zeker van dat het geen echte relatie was. Ze zagen elkaar amper en eerlijk gezegd deed hij haar ook nog maar weinig. Het was wel gezellig om samen ergens heen te gaan of vrienden te ontvangen, maar het leek er de laatste tijd steeds meer op dat ze met hem uitging, omdat ze geen zin had om alleen thuis te zitten.

Haar huis was natuurlijk heerlijk, ze had het van haar opa en oma geërfd, maar eigenlijk was het te groot voor haar alleen. Ze wilde niet meer alleen zijn en ondanks haar relatie met George, leek het alsof ze dat wel was. Waarom konden relaties niet meer zo verlopen als haar verkering met Ramon?

Zie je wel, daar ging ze weer. Zodra ze met Kerstin had gesproken moest ze weer aan Ramon denken, haar jeugdliefde. Toen had ze gedacht dat ze voor altijd samen zouden zijn en waarom het toen was misgelopen begreep ze nog steeds niet. Toch was er sindsdien geen enkele man meer geweest die haar ook maar een klein beetje had laten voelen als hij toen gedaan had.

Nicole stond op, liep naar de spiegel en controleerde haar uiterlijk voor ze naar de stad ging om een paar dingen voor haar baas te regelen. Haar donkerblonde, lange haren zaten nog allemaal netjes opgestoken op hun plek en ze bracht nog wat rouge aan, omdat ze vandaag wat bleek zag. Op het vertaalbureau waar ze nu al bijna twee jaar werkte had ze en een heerlijke baan. Ze regelde er alles maar maakte geen vertalingen. Zij moest er onder andere voor zorgen dat de juiste opdracht bij de juiste van de drie bij hen werkende vertalers terechtkwam. Met haar baas en haar collega's kon ze goed overweg. Ze was heel tevreden met haar afwisselende baan.

Misschien was dat een beetje het probleem, ze was tevreden met haar baan, haar uiterlijk, haar huis, haar familie, haar vrienden en toch was ze niet gelukkig. Iets miste ze en ze kon met geen mogelijkheid zeggen wat dat was. Niet dat ze op haar leeftijd al zielig was omdat ze niemand had om echt haar leven mee te delen, maar het werd hoog tijd dat ze Ramon vergat en ze eens diep na ging denken over wat ze met George wilde.

Nu moest ze echter eerst naar het postkantoor en de boekhandel.

Hoofdstuk 1

Nicoles ogen ontmoetten een paar grijsgroene en ze kon niets anders doen dan daarin blijven kijken. Haar hart begon sneller te slaan en onbewust hield ze haar adem in. Een schok van herkenning schoot als een warme gloed door haar lichaam. Nog voor de man zijn ogen van de hare losrukte wist ze van wie ze waren. Ramon!

'Hé wacht!' riep ze hem na, toen ze zich realiseerde dat hij zich omdraaide en wegrende.

Zou hij wegrennen omdat hij haar herkend had? Omdat zij hem herkend had? Ze moest het weten. 'Ramon?'

Ze begon achter hem aan te rennen maar hij was sneller dan zij en ze liep niet echt op hem in. Haar kantoorschoenen waren natuurlijk niet gemaakt om over de ongelijke bestrating van de binnenstad te rennen. Toch moest ze hem achterna.

Het duurde een poosje voor ze de verandering in omgeving opmerkte, maar toen dat gebeurde schrok ze er nogal van.

Ze kwam nu op terrein waar ze nog nooit eerder geweest was. Daar waar ze nooit in haar leven had gedacht ooit te komen. Waarvan ze niet eens wist dat het er was. Waar ze - als ze het al had geweten - nooit zou hebben durven komen. Ze hield op met rennen want het had geen zin. Ramon was nogal plotseling in een steegje verdwenen en het werd tijd dat ze terug ging naar de bewoonde wereld. De huizen hier waren allemaal grauw en de omgeving was smerig. Er stonden twee karkassen van auto's en er was geen complete fiets of brommer te zien. In de verte blaften een paar honden en er stond een radio of televisie erg hard. Een paar mannen, duidelijk dronken, kwamen uit een kroeg gestruikeld.

Haar hart bonkte in haar keel en dat was niet alleen van het rennen. Ze draaide zich om en maakte dat ze weer terug kwam naar waar ze vandaan gekomen was. Ze wilde niet verdwalen in deze achterbuurt. Ze had het nooit prettig gevonden alleen in de stad. Maar als er meer mensen waren en ze op bekend terrein bleef, was het geen probleem. Snel haalde ze de boeken voor haar baas af en ging ze terug naar kantoor.

De hele dag dacht ze over dat vreemde moment na. Misschien had ze het mis gehad en was het Ramon - haar eerste grote liefde, haar eerste echte vriend - helemaal niet geweest en had ze alleen aan hem moeten denken omdat ze vandaag met Kerstin gesproken had om die afspraak te maken. Toch bleef iets in haar zeggen dat hij het wel geweest was en dat hij haar had herkend.

Wat deed hij in die achterbuurt? In zijn vieze en kapotte kleren had hij er uitgezien als een zwerver. Er was ook geen enkele twijfel over dat hij zwerver was, of dakloos of hoe de correcte uitdrukking dan ook was, voor iemand die op straat leefde.

Wat deed Ramon op straat? Wat kon er zijn gebeurd dat het zover was gekomen?

Voor zover zij wist, had hij nadat ze van school waren gekomen een baan in een tuinderij gevonden. Ze had ook wel eens gehoord dat hij vrij jong getrouwd was. Hoe was hij dan op straat terecht gekomen? Waarom was hij voor haar weggelopen?

Thuis haalde ze de foto's, die ze van haar schooltijd had, tevoorschijn. De tijd waar Ramon zo belangrijk voor haar was geweest. Ze had een paar foto's waar ook hij op stond. Ze moest altijd glimlachen als ze hem op de foto's zag, sowieso moest ze glimlachen als ze aan hem dacht. Eigenlijk had ze alleen maar goede herinneringen aan hem en hun tijd samen. Wat was ze verliefd op hem geweest en wat had het lang geduurd voor hij door had gekregen dat zij ook best leuk was.

Ze had een paar foto's waar ze samen op stonden. Op twee daarvan had hij zelfs een arm om haar schouders geslagen. Ze herinnerde zich het feestje als de dag van gisteren. Het was het tweede feestje waar ze samen waren en die avond hadden ze verkering gekregen. Die foto's waren echter van voor het "officieel" was en ze had ze haar vriendin onopvallend laten maken. Ze had echt een poosje met haar hoofd in de wolken gelopen en een heerlijke tijd met hem gehad. Als ze aan die tijd dacht, kon ze zich weer helemaal zo voelen. Wat ze had gevoeld toen ze elkaar die middag hadden aangekeken, die enorme verbondenheid, was er altijd tussen hen geweest. Wat ze vandaag van hem had gezien paste daar niet bij.

Na de dag van de "ontmoeting", zocht ze iedere keer als ze in de stad was de omgeving af in de hoop hem tegen te komen. Ze ging vaker dan ooit tevoren lunchen in de buurt van de plek waar ze hem had gezien. En als haar baas iets gehaald wilde hebben, ging ze graag.

Anderhalve week later zag ze hem weer. Het was vreemd dat het haar zo blij maakte. Ze was erg opgelucht dat ze hem had gevonden, want ze dacht aan niets of niemand anders meer.

'Ramon?' Ze was met wild kloppend hart naar hem toegelopen en hij had haar niet zien aankomen. Ze had hem relatief laat aangesproken omdat ze niet wilde dat hij er weer vandoor zou gaan.

Hij keek verbaasd op en zijn ogen flakkerden een keer toen hij haar kort aankeek. 'Hallo Nic.'

Ze zag dat hij slikte.

Dat hij onmiddellijk op haar naam was gekomen - het koosnaampje dat hij haar had gegeven zelfs - maakte haar duidelijk dat hij haar ook de vorige keer wel had herkend. Een moment stonden ze elkaar aan te kijken en ze voelde zich zoals ze had gedaan toen ze bij elkaar op school hadden gezeten.

'Waarom ben je de vorige keer weggelopen?' Ze was de eerste die iets zei.

'Waarom denk je?' Hij verbrak het oogcontact en staarde naar de straat.

Ze stelde vast dat hij na hun schooltijd nog was gegroeid. Op school was hij altijd net iets kleiner geweest als zij. Nu was hij een paar centimeter groter en eerlijk gezegd, beviel haar dat.

Ze haalde haar schouders op. 'Weet ik veel. Heb je zin in koffie?' Ze wilde niet dat hij zou weglopen en hij zag er een beetje uit, alsof hij dat nog steeds het liefst wilde doen. 'Ik was net van plan om een kop te gaan drinken. Er is daar een bakker in die straat waar je ook kan zitten en wat kan eten. Samen is dat een stuk gezelliger.'

'Denk je dat?' Hij keek kort op en fronste zijn wenkbrauwen.

'Ja, dat weet ik wel zeker.' Ze glimlachte naar hem en ze zag de verwarring in zijn ogen. Alsof hij niet kon geloven dat ze het meende. Maar nooit eerder was ze zo serieus geweest.

'Daar? Bij een bakker?' Hij bewoog zijn hoofd in de richting die ze had aangeduid. Een drukke straat met allemaal gezellige winkeltjes.

Ze knikte. 'Daar drink ik vaker koffie.'

'Dat zal wel, maar ik denk niet dat het goed is daar heen te gaan.'

'Kom op zeg,' ze stak een arm door de zijne en trok hem min of meer met zich mee.

Bijna bij de bakker aangekomen viel het haar pas op dat er naar hen werd gekeken. Ze had er niet op gelet. Hij was Ramon en het interesseerde haar niet zoveel hoe hij er uit zag. Maar misschien waren ze ook een beetje een apart stel. Ze kwam net uit haar werk en droeg haar meest chique mantelpakje omdat er een erg belangrijke vergadering was geweest. Met nieuwe klanten, die onder de indruk moesten raken van het bureau waar ze werkte. Haar haren had ze opgestoken en ze had haar aktetas bij zich, omdat ze die niet in haar auto had willen laten liggen.

Ramon droeg een spijkerjas, verbleekt en vies. Zijn net zo verbleekte spijkerbroek, was net zo vuil en er zaten scheuren in. Zijn sportschoenen hadden betere tijden gekend, jaren geleden. Er zat een veeg op zijn gezicht en zijn blonde haren waren lang en vettig. Hij had zich ook al een paar dagen niet geschoren.

Ze vroeg zich af hoe het kon dat ze hem beide keren zo snel had herkend. Hij leek in bijna niets meer op de vijftienjarige waar ze heel erg verliefd op was geweest. Het verbaasde haar dat, zelfs nu ze bewust was van het verschil, het haar niets uitmaakte. Ze was er alleen maar blij om dat ze hem had gevonden, dat hij haar nog kende en ze weer even met hem samen was.

Ramon zocht een plekje ver achterin de zaak uit. Hij slaakte een zucht, alsof hij zich overgaf aan het onvermijdelijke en ging zitten. Ze nam tegenover hem plaats en pakte de menukaart die op tafel lag.

'Wil je er iets bij eten? Ze hebben hier verschillende soorten taart,' ze hield hem de menukaart voor en hij pakte hem aan. Ze glimlachte naar hem terwijl ze opstond om de bestelling te doen. Het zag er niet naar uit dat iemand naar hun tafeltje zou komen. 'Een broodje, een gebakje? Of allebei.' Eigenlijk zag hij er uit alsof hij al tijden niets fatsoenlijks had gegeten. Hij was best mager, zijn sjofele kleding hing nogal ruim om zijn lichaam. Ze had hem mee naar een restaurant moeten nemen.

'Kijk maar,' zei hij alleen en zonder erin te hebben gekeken legde hij de kaart terug op tafel.

Het was duidelijk dat hij niet van plan was het haar een beetje makkelijker te maken. Dan niet.

Ze liep naar voren om haar bestelling op te gaan geven. De vrouw achter de toonbank keek naar haar alsof ze stond te overdenken of ze haar zou bedienen of niet.

'Twee koffie,' zei ze snel, voor ze besloot het niet te doen. Ze bekeek de inhoud van de toonbank. 'Twee moorkoppen, een broodje kaas en een broodje salami.'

De vrouw begon de etenswaar bij elkaar te zoeken en onwillekeurig slaakte Nicole een zucht van opluchting. Ze bracht eerst de koffie naar het tafeltje en liep een keer terug voor de rest. Nadat ze alles op tafel had gezet, ging ze tegenover hem zitten.

'Je bent goed terecht gekomen zo te zien,' was het eerste wat hij uit zichzelf tegen haar zei.

Ze had geweten dat hij haar van top tot teen had bekeken. De hele tijd die ze bij de toonbank had gestaan, had ze zijn blik op zich gericht gevoeld. Toen ze naar hem had gekeken, had ze gezien dat hij ook echt naar haar had zitten kijken. Hij had snel zijn blik afgewend en een sigaret opgestoken. Hij trok zich er niets van aan dat er niet gerookt mocht worden waar hij zat. Tot nu toe had er ook niemand iets van gezegd.

'Ja, ik denk het wel.' Ze haalde haar schouders op. 'Ik heb er ook mijn best voor gedaan.' Ze vertelde hem hoe het haar was vergaan, na de dag van hun diploma-uitreiking. De dag dat ze elkaar voor het laatst hadden gezien omdat zij als au pair naar Amerika was gegaan om Engels te leren. Nadat ze was uitverteld viel er een stilte en Nicole hoopte dat hij ook iets over zijn leven zou vertellen, maar na haar succesverhaal zou hem dat waarschijnlijk nog zwaarder vallen.

'Zonde dat je je haar opsteekt,' zei hij ineens en keek meteen alsof hij al spijt had van zijn opmerking.

'Dat doe ik alleen op mijn werk. Het eerste wat ik doe als ik thuis kom, is mijn schoenen uitschoppen en die spelden uit mijn haar trekken.' Het verstopte complimentje deed haar goed.

Nog een klein moment staarde hij haar aan, hij haalde een keer diep adem en vroeg toen: 'Ben je getrouwd?'

'Nee.' Ze schudde haar hoofd.

'Ook niet geweest?'

'Nee.'

'Verloofd, verliefd. Woon je samen?' Hij glimlachte wat aarzelend bij de vragen.

Zijn glimlach verwarde haar een beetje. Zijn ogen lachten mee en ze kon maar met moeite haar aandacht op iets anders dan zijn ogen richten. Het duurde even voor ze antwoordde.

'Ik woon alleen, ik ben niet verloofd,' zei ze uiteindelijk.

'Je hebt *verliefd* niet beantwoord.'

'Ik weet niet of ik verliefd ben.' Ze zuchtte. Tot ze hem weer had getroffen, had ze gedacht, dat ze misschien een beetje verliefd was op George. Tenslotte had ze nog steeds een relatie met hem, maar nu wist ze het helemaal niet meer. 'Ik geloof niet dat ik verliefd ben.' Het voelde alsof ze tegen hem loog: zelfs al was ze niet verliefd op George, ze voelde zich weer zoals zij zich op school had gevoeld, toen ze van Ramon had gehouden. Omdat dit niet het juiste moment was hem dat te zeggen, begon ze nog iets meer over haar werk te vertellen. Hij luisterde, terwijl hij de moorkop en beide broodjes opat.

Ze zaten nog lang aan het tafeltje. Ze dronken nog meer koffie en ze vond het best gezellig. Ramon vertelde niet veel over zichzelf en zodra het er ook maar op ging lijken dat ze hem iets persoonlijks wilde vragen, sloeg hij dicht en hij antwoordde niet. Hij was echter duidelijk geïnteresseerd in wat zij te vertellen had.

Hij vroeg van alles en nog wat over haar leven en aangezien zij niet zoveel geheimen had als hij leek te hebben, vertelde ze hem alles wat hij wilde weten.

Nadat hij zijn vierde kop koffie had leeggedronken stond hij abrupt op. 'Ik ga er vandoor.'

Een gevoel van paniek kwam in haar op, toen ze besefte dat hij weer uit haar leven zou verdwijnen.

'Wacht even,' ze graaide een visitekaartje van haar werk uit haar agenda en schreef daar snel haar privé-adres en mobiele nummer op. 'Hier woon ik. Als je wilt kan je altijd langs komen.' Ze keek hem aan. 'Dit is mijn privé-nummer en dat het telefoonnummer op mijn werk. Je kunt altijd bellen, Ramon.'

'Waarom zou ik dat doen?' Hij trok zowel zijn wenkbrauwen als ook zijn schouders op.

Nicole haalde ook haar schouders op. Een beetje geschokt door zijn onverschilligheid. 'Het zou toch kunnen dat je eens een vriend nodig hebt?'

'Daar hoef je niet op te rekenen,' zei hij stug.

Ze haalde een keer diep adem. 'Nou ja, het was ook zomaar een idee. Het verplicht je tot niets. Ik vind het alleen heel erg leuk je teruggezien te hebben.' Ze hoopte dat de teleurstelling die ze voelde, voor hem niet al te duidelijk was.

Ramon wachtte een kort moment, pakte het kaartje van de tafel en verdween zonder een woord te zeggen.

Hoofdstuk 2

Nicole dacht bijna alleen nog maar aan Ramon. Ze had hem ook inmiddels een paar keer gezien omdat ze hem was gaan zoeken. Ze waren samen koffie gaan drinken en hadden ook gewoon op straat een poosje met elkaar staan praten. Hij was echter nog steeds erg afstandelijk en sprak alleen als ze hem iets vroeg. Toch voelde Nicole zich prettig bij hem. Inmiddels was ze er zeker van dat het niet alleen daaraan lag dat ze elkaar ooit goed hadden gekend. Ook nu was er iets tussen hen wat ze nog niet bij iemand anders had gevoeld. Een gevoel van vertrouwdheid, van intimiteit en dat terwijl hij juist zijn best deed zo ongeïnteresseerd mogelijk te lijken. Ze kon er niets aan doen dat ze zich afvroeg wat er zou gebeuren als hij die afstand tussen hen zou overbruggen. Vermoedelijk zouden de vonken er vanaf vliegen.

'Nic, ik wil dat je me met rust laat.'

Het was duidelijk dat hij niet echt van plan was om iets aan die afstand tussen hen te gaan doen. Ook al wilde ze dat nog zo graag. Ofschoon zijn woorden niet helemaal als een verrassing kwamen, schrok ze er van.

'Waarom?' Ze slikte een brok in haar keel weg. 'Helemaal koud schijn ik je niet te laten, je komt altijd als ik je zoek.'

'Misschien wil ik gewoon niet dat je hier doelloos rondloopt. Ik wil niet dat je iets overkomt. Je bent het perfecte slachtoffer voor zakkenrollers en verkrachters en dat wens ik je ook weer niet toe.' Hij keek haar niet aan. 'Ik wil dat je me met rust laat. Ik heb genoeg aan mijn hoofd en geen zin om me iedere keer af te vragen of je misschien iets idioots gaat doen, omdat jij denkt dat je mij zonodig moet redden.'

'Ik doe niets idioots, ik kan best op mezelf passen,' zei ze echter, blij dat hij af en toe aan haar dacht. 'Hoe zit het met jou? Heb jij niet iemand nodig, die op je past?' Ze trok haar wenkbrauwen op en keek hem vragend aan.

Hij schudde zijn hoofd, alsof dat het belachelijkste was wat hij ooit gehoord had. 'Waarom vind je het nodig om mij te redden?'

'Omdat ik me goed kan herinneren hoe je was en ik het vreselijk vind om je nu zo te zien.' Hoewel ze het voor zichzelf nog niet onder ogen had gezien, was het ook wel een beetje zo, dat ze niet meer wilde dat hij op straat leefde. Ze hoopte dat hij daar weg zou kunnen, voor een normaal leven. Ze hoopte dat zij hem daarbij zou kunnen helpen, omdat hij dan misschien in haar leven zou blijven. Op het moment dat ze dat bedacht, realiseerde ze zich dat hij niet eens in haar leven was. Dat hij helemaal niet in haar leven wilde zijn.

'Misschien ben ik heel erg gelukkig met mijn leven zoals het is.'

'Dat geloof ik niet. Als je zo vreselijk gelukkig was, dan was je er niet vandoor gegaan toen je had gezien dat ik je had herkend. Dan was je gewoon blijven staan en hadden we een praatje kunnen maken. Dan hoef je je niet zo ongemakkelijk te voelen in mijn gezelschap.'

'Mevrouw de psychiater,' was zijn spottende reactie. Hij keek haar echter niet aan en dat bevestigde haar gevoel dat ze gelijk had.

'Geen psychiater. Ramon, we waren ooit vrienden.'

'Dat is lang geleden. Je moet proberen dat te vergeten. Dat is het beste voor ons allebei.' Hij sprak alsof hij het tegen een klein kind had, dat niet wilde inzien dat hij alleen maar het beste met haar voor had. 'Nic, vergeet het!' Hij draaide zich om en liep bij haar weg. Ze wist dat het geen zin had om hem terug te roepen.

Haar probleem was dat ze niet kon vergeten dat ze vrienden waren geweest. Vooral niet omdat ze, hoe hij er ook tegenin ging, hoe hij ook afstand probeerde te bewaren, een band met hem voelde die weinig met het verleden te maken had. Als hij haar al eens echt aankeek, leek de tijd stil te staan. Dan hadden ze beide moeite zich weer te herinneren waarover ze het hadden gehad. Het was niet alleen bij haar. Het gaf haar hoop, maar het maakte haar ook nogal onzeker. Ze begreep niet waarom hij het nodig vond er tegen te vechten.

Sinds ze Ramon weer had ontmoet, draaiden haar gedachten alleen maar om hem. Ze was er erg zeker van dat hij meer voor haar betekende, dan alleen een bevlieging veroorzaakt door herinneringen. Ze besloot daarom niet meteen naar huis te gaan, maar eerst te gaan doen wat ze al lang had moeten doen: George vertellen dat hun relatie geen schijn van kans had, omdat ze niet verliefd op hem was. Inmiddels wist ze dat ze dat nooit echt geweest was en ze was er nog zekerder van dat ze nooit meer verliefd op hem zou worden. Hoewel ze er een beetje tegenop zag, wist ze al dat het George waarschijnlijk niet veel zou kunnen schelen. Ze had hem al een paar weken niet gezien en ze had hem amper gesproken. Zo belangrijk waren ze niet voor elkaar in hun levens, ze zagen elkaar als het hun uitkwam. Vooral als het hem zo uitkwam.

Ramon was niet echt de reden. Wel was het haar door hem voor het eerst duidelijk geworden.

Met een zucht opende ze de houten deur van het landhuis waar George zijn kantoor had. George deed iets met computers, ze had nooit begrepen wat het precies was. Zoals altijd overviel haar ook nu een kilte bij het binnenkomen. Want hoe mooi het gebouw aan de buitenkant ook was, zo lelijk en onpassend vond ze het er binnen. Alles was van chroom en glas, nergens was ook maar een spoortje kleur te bekennen. Niet eens in de ontvangsthal, of aan de receptie waar Georges secretaresse Maria, net zo kleurloos zat te zijn in haar zwart-witte designer-outfit en geblondeerde haren. Normaal gesproken dan: op het moment was ze nergens te bekennen.

Omdat Maria niet op haar plaats zat duwde ze, na een keer kort geklopt te hebben, de deur van zijn kantoor open. Met de deurklink in haar handen bleef ze staan toen ze in plaats van George een naakte vrouwenrug zag. Het enige wat ze van George zag waren zijn handen. Dat ze er zeker van was dat het zijn handen waren, lag aan de enorme gouden zegelring met zijn initialen die hij altijd droeg.

Een moment was ze zo geschokt, dat ze verstijfd op de drempel bleef staan. Verdwaasd keek ze toe hoe de handen over de rug bewogen. De vrouw was niet helemaal naakt, maar Nicole zag dat een van Georges handen in de band van de spijkerbroek verdween waardoor dat kledingstuk nog een eindje zakte. George en de vrouw hadden duidelijk niet gemerkt dat ze was binnengekomen en als ze niet snel iets zou doen, zou ze getuige worden van nog meer naakte huid. Dat idee stond haar niet echt aan en ze hervond gelukkig haar stem weer.

'George? Waar ben jij mee bezig?' Met een luide knal trok ze de deur achter zich dicht. Ze schrok er zelf van.

'Nicole!' George kwam met een rood hoofd achter de rug vandaan. 'Nicole, ehm..., ik eh, kan dit uitleggen.'

Hij graaide op de grond naar een blouse en gaf het de vrouw, die nog steeds bij hem op schoot zat. De vrouw trok het aan en nadat George zijn stoel wat naar achteren had gereden stond ze op. De mooie zwartharige vrouw nam haar onderzoekend op en deed op haar gemak haar spijkerbroek dicht. Het was duidelijk dat het haar niets uitmaakte betrapt te zijn. Het leek er eerder op dat het haar beviel. Met haar donkere ogen, keek ze haar uitdagend aan.

'Schat, het is niet wat je denkt.'

Nicole richtte haar aandacht weer op de man, waar het op dit moment om ging.

'Oh, wat is het dan?' Het was onmogelijk dat wat ze had gezien niet dat was, wat ze ook dacht. Ze zag dat George de vrouw een duwtje gaf, zo van "je kunt wel gaan hoor".

De vrouw liep heupwiegend het kantoor uit en Nicole keek haar na. George ook.

Ondanks dat ze niet verliefd op George was en hier was om hun relatie te verbreken, was het wel een hele schok. Per slot van rekening waren zij en George samen. Dat had zij tenminste een jaar of twee gedacht.

'Nicole?' George stond op en haalde een keer zijn hand door zijn donkere haren. Het zat al wat verward en deze beweging maakte het er niet beter op. Het was duidelijk dat hij zich niet op zijn gemak voelde. Verrassend, dat had ze nog niet eerder meegemaakt. Hij had altijd iedere situatie onder controle. 'Is alles goed met je? Wat doe je hier? Ik had je niet verwacht.'

Ze was nog steeds zo verrast dat ze niets kon uitbrengen. Daardoor had George de tijd om zich te vermannen en het duurde niet lang voor hij zijn gevoelens onder controle had.

'Dat is me duidelijk.' Het verbaasde haar dat ze ineens een gevoel van opluchting in zich op voelde komen. Vermoedelijk had ze George vandaag voor het eerst echt gezien zoals hij was. Het beetje sympathie dat ze voor hem voelde - wat ze met liefde wat nog moest groeien had verward - verdween. Het voelde alsof ze tegenover een volslagen vreemde stond. 'Het spijt me dat ik jullie heb gestoord.' Ze begon zich om te draaien, het zou beter zijn dat ze maakte dat ze wegkwam.

'Nicole? Wacht! Ik kan alles uitleggen.' George kwam naar haar toe.

'Er valt niet veel uit te leggen. Wat ik heb gezien was erg duidelijk. Je bent blijkbaar niet te vertrouwen. Ik wil niet met je verder.' Ze slikte, dat had ze heel anders willen zeggen. Maar wat maakte het uit, het resultaat was hetzelfde. Hij wist dat ze niet meer met hem verder wilde en daarvoor was ze gekomen.

'Nicole, kom op. Neem nou geen overhaaste beslissing.' Hij wilde haar bij haar arm pakken, maar ze wist hem te ontwijken.

'Een overhaaste beslissing? Ik kwam hier al om onze relatie te verbreken. Ik weet inmiddels dat onze relatie niets betekent. Ik wil ook niet alleen maar blijven hangen, omdat dat wel makkelijk is. Ik ben blij dat ik het nu helemaal zeker weet.' Ze draaide zich om. 'Ik ga, je kunt je vriendin weer binnenroepen.'

Ook al was ze blij dat ze wist waar ze aan toe was, was ze wel erg teleurgesteld. George had haar bij hoog en laag gezworen, dat hij haar voor altijd trouw zou zijn. Dat er nooit meer iemand anders voor hem was geweest sinds hij haar had leren kennen. Dat er ook nooit meer iemand anders voor hem zou zijn. Ze had het altijd overdreven gevonden en als ze heel eerlijk tegen zichzelf was had ze hem ook nooit onvoorwaardelijk geloofd. Had ze het altijd verdacht gevonden dat hij haar dat zo nodig moest bezweren. Als hij niets zou hebben gezegd, zou ze er vanuit zijn gegaan dat hij haar trouw was. Nu was ze weliswaar teleurgesteld, maar niet verbaasd.

Hij riep haar een paar keer, maar kwam gelukkig niet achter haar aan.

George was al een poosje bezig geweest haar ervan te proberen te overtuigen dat ze voor elkaar bestemd waren en ze met elkaar zouden kunnen trouwen. Al die tijd had ze geweten dat ze niet genoeg van hem hield voor die stap. Hij ook. Overigens had hij nooit tegen haar gezegd dat hij van haar hield. Waarschijnlijk had hij hun relatie gewoon makkelijk gevonden. Hij was er van overtuigd dat een goede relatie, niet per se op liefde of hartstocht hoefde te worden gebaseerd. Dat het mogelijk was een goede relatie te hebben, gebaseerd op vriendschap en respect. Vooral natuurlijk, als hij er gewoon een hartstochtelijke relatie bij kon hebben, zonder dat zij het merkte. Zijn idee van respect en dat van haar, kwamen duidelijk niet met elkaar overeen.

Hoofdstuk 3

'Wat doe je met je verjaardag?' Ze had niet gedaan wat Ramon van haar wilde. Een week was het haar gelukt niet naar hem te zoeken, maar omdat ze steeds aan hem dacht, had ze hem moeten zien.

Ze had hem snel gevonden en hoewel hij eruit gezien had alsof hij weg wilde lopen, had hij het niet gedaan. Onverschillig had hij op haar staan wachten. Een houding die gespeeld was, daarvan was ze overtuigd, omdat toen hun ogen elkaar hadden ontmoet de onverschilligheid verdween. Daarna had hij er moeite mee die houding weer terug te vinden.

'Wat denk je?' Hij trok zijn wenkbrauwen op.

'Heb je zin om bij mij te komen eten?'

'Wat staat daar dan tegenover?' vroeg hij argwanend.

Die argwaan was echt. 'Niets, gewoon een etentje en eventueel wat televisie kijken. We kunnen ook uitgaan, als je dat leuker lijkt.'

Hij schudde kort zijn hoofd. 'Heb je zo weinig vrienden dat je je gezelschap van de straat moet plukken?'

'Nee, zo erg is het nu ook weer niet.' Natuurlijk had ze vrienden, maar de enige waar ze mee samen wilde zijn was hij. Ze zuchtte, hij had tegen alles geprotesteerd, waarom verbaasde ze zich daarover nog?

Ramon had het duidelijk moeilijk met zichzelf. Hij was nerveus en hoewel ze niet wilde dat hij nerveus was bij haar in de buurt, was het een opluchting, dat ze toch iets voor hem betekende.

Hij stak een sigaret op en inhaleerde een keer diep. 'Heb je echt mijn verjaardag onthouden?'

Ze knikte. Sinds ze hem weer had ontmoet, viel haar alles over hem en hun tijd samen weer te binnen. Ze wilde ook die dingen weten waar ze toen niet achter gekomen was. Ze wilde alles van hem weten en bij hem zijn. 'Je moet het zelf weten maar als je zin hebt, kan je komen eten. Niet alleen met je verjaardag overigens. Je kunt altijd voorbij komen, je bent altijd welkom. Denk er over na, oké?'

Hij knikte aarzelend.

'Goed, dan ga ik er vandoor. Ik moet naar het postkantoor.' Ze had besloten het om te draaien: nu zou zij weggaan voor hij kon verdwijnen.

Zijn korte moment van verwarring ontging haar niet. Toch voelde ze zich niet veel minder teleurgesteld en verlaten, toen zij bij hem wegliep.

'Hallo,' ze glimlachte opgelucht naar Ramon, toch een beetje verbaasd hem voor haar deur te zien.

'Is dat aanbod voor het etentje nog geldig?' vroeg hij een beetje aarzelend.

'Ja, natuurlijk, kom binnen.' Hoewel ze niet echt op hem gerekend had, had ze alles in huis voor het geval dat. Het viel haar meteen op dat hij zich geschoren en gedoucht had. Zijn haren had hij in een paardenstaart gebonden en zijn spijkerbroek was schoon. Het was een andere, dan die waarin ze hem de andere keren gezien had. Zonder scheuren.

Het maakte haar blij dat hij moeite had gedaan voor de ontmoeting met haar. Ze omarmde hem maar liet hem met tegenzin weer snel los. Het voelde veel te goed. 'Gefeliciteerd met je verjaardag.'

'Dank je.' Hij glimlachte vluchtig en keek haar aan. Een moment leek de tijd stil te staan. Was het alsof er in het leven niets belangrijker was, dan in zijn ogen kijken. Hij verbrak het contact wat abrupt. 'Je hebt inderdaad je haren los,' zei hij zachtjes.

'Mijn baas wil alles nogal precies hebben. Hij vindt dat een secretaresse in donkerblauwe mantelpakjes, met opgestoken haren moet rondwankelen op hoge hakken.' Ze haalde haar schouders op. Een beetje verbaasd daarover, dat hij toch weer een persoonlijke opmerking gemaakt had. Hij was degene, die persoonlijk contact probeerde te vermijden en toch leek hem dat nooit goed te lukken. Het was natuurlijk fijn om te weten dat hij het graag zag als ze haar haren los had.

'Hij klinkt niet echt gezellig.' Hij trok zijn wenkbrauwen op.

'Oh, het valt best mee hoor. Hij is een aardige man en als je gewoon je werk doet is er niets aan de hand. Zijn ideeën zijn wat ouderwets maar daar wen je aan. Hij is geen slechte baas en ik heb het er prima naar mijn zin. Wil je koffie?'

Ramon knikte en ze ging hem voor naar de kamer.

'Ik ga aan het eten beginnen.' Ze stond op nadat ze de koffie en de appeltaart hadden opgegeten. Ze hadden gezellig over koetjes en kalfjes kunnen praten. Voornamelijk haar koetjes en kalfjes.

'Ik help je.' Ook hij stond op en liep met haar mee naar de keuken.

'Ben je van plan om me vet te mesten?' Hij trok een wenkbrauw op toen ze hem vertelde wat ze allemaal wilde klaarmaken. Kipcocktail als voorgerecht, een hoofdgerecht van spaghetti met kipkerriesaus en een chocolademousse als toetje.

'Vetmesten misschien niet direct, maar je bent veel te mager. Een paar kilo erbij hier en daar, kan volgens mij geen kwaad.'

'Dat zal vanavond dan wel lukken.' Hij glimlachte.

Het werd al snel duidelijk dat hij zich in de keuken thuis voelde en hij bleek een stuk handiger te zijn dan zij. Als ze iets bijzonders kookte, zoals vandaag, moest ze er recepten bij pakken. Hij had gehoord wat ze wilde maken, zag de ingrediënten en ging aan de slag.

Tijdens het koken en het eten spraken ze over van alles en nog wat - behalve over hem - en het werd Nicole weer echt duidelijk waarom ze toen verliefd op hem was geworden. Waarom ze nu ook weer verliefd op hem was geworden. Want dat dat was gebeurd, was zo klaar als een klontje.

Als hij zijn onzekerheid kon vergeten, had hij een goed gevoel voor humor en ook zijn interesse was opvallend. Zijn interesse in haar leven. Hij vroeg haar het hemd van het lijf over wat haar bezig hield. Over haar werk. Haar tijd als au pair in Amerika. Haar verdere opleiding. Haar familie. Ze had zich erover verbaasd dat hij nog steeds wist dat haar vader dirigent was van beroep. Dat haar broer Valentin naar het conservatorium had gewild en dat zij zelf, vooral tot spijt van haar ouders, helemaal geen muzikaal talent had.

'Hoe staat het met jouw muzikaal talent?' vroeg ze hem lachend, nadat ze hem een anekdote had verteld, die dat bewees.

De lach in zijn ogen verdween op slag en er kwam geen antwoord. Zelfs dat was al te persoonlijk. Ze was erg teleurgesteld, dat ze het met één vraag had gered de ontspannen sfeer van die avond te verpesten. Ze had heel even vergeten dat hij niet over zichzelf wilde praten.

'Ramon?' probeerde ze voorzichtig, maar hij schudde zijn hoofd zonder haar aan te kijken. 'Oké.' Ze slikte een brok in haar keel weg en kreeg het voor elkaar te glimlachen. 'Ik zal het toetje gaan halen.' Snel stond ze op en liep naar de keuken en hoewel ze er bang voor was dat hij weg zou gaan, had ze een paar minuten nodig om te bedenken wat ze zou gaan doen. Ze besloot dat het niet belangrijk was of ze wist of hij muziek kon maken. De hele avond was juist zo gezellig en dat was veel belangrijker. Als ze hem met rust zou laten, zou het vast wel weer goed komen.

Uit de koelkast haalde ze de mousse, die er verrukkelijk uitzag.

Hoewel de mousse ook zalig smaakte, werd de sfeer maar langzaam weer wat beter. Toch bleef hij en had ze het gevoel dat hij zijn best deed en niet alleen bezig was de avond uit te zitten, omdat hij er nu toch eenmaal was. Hij hielp haar met de afwas en nadat dat gebeurd was, gingen ze terug naar de kamer.

Toen ze de televisiegids van de tafel pakte, vielen de foto's van hun schooltijd op de grond. Ramon pakte ze op en wilde ze op tafel terugleggen, maar toen hij de foto van hen samen herkende, begon hij langzaam ook de andere foto's door te kijken.

'Ik wist niet dat er foto's van ons waren.' Hij bekeek ze nog eens aandachtig en glimlachte daarbij.

'Toen had je nog geen hekel aan me.' Kon ze het niet laten te zeggen. Weer helemaal onder de indruk van die glimlach.

Hij keek verbaasd naar haar op. 'Ik heb nu ook geen hekel aan je.'

Eigenlijk kon ze zich niet herinneren dat ze ooit eerder in haar leven zo opgelucht was geweest. Blijkbaar was dat van haar gezicht af te lezen, want hij glimlachte weer.

'Ik wil niet weer verliefd op je worden.'

Haar hart begon wild te kloppen na deze verrassende bekentenis. 'Doe je daarom zo bot tegen me?' vroeg ze hem aarzelend. Het was hoopgevend dat de kans dat hij verliefd op haar kon worden bestond. Niet dat ze daar veel aan had, want het was duidelijk dat hij dat niet wilde. Maar ze had het goed aangevoeld, hij voelde ook weer iets voor haar.

'Die afstand tussen ons is nodig. Je moet je niet met mijn leven bemoeien. Je hoeft je geen zorgen om me te maken. Ik kan me wel alleen redden.'

'Natuurlijk kan je je alleen redden, ik vraag me alleen af of het nodig is om altijd alleen te zijn,' ging ze er op in, terwijl ze naar hem keek. Ze zag dat hij een keer diep adem haalde en ook had ze het gevoel dat hij zich weer van haar afsloot.

'Ik vind het nodig. Ik heb geen zin in nog meer problemen.' Hij schudde zijn hoofd en legde de foto's op de tafel.

'Zie je Paul nog wel eens?' Zo snel zou zij het niet opgeven.

Hij schudde weer zijn hoofd.

'Jullie waren toch de allerbeste vrienden?'

'Nadat we van school gegaan zijn, zijn we elkaar uit het oog verloren.' Hij haalde zijn schouders op. 'Zie jij nog wel eens iemand?'

'Nee, ook niet. Kerstin nog af en toe. We hebben een soort traditie ontwikkeld en gaan één keer in het jaar iets met elkaar drinken. Volgende week heb ik een afspraak met haar. Maar verder zie ik ook nooit meer iemand.'

Hij haalde zijn schouders op toen hij naar haar keek. 'Zo loopt dat gewoon allemaal.'

Eigenlijk had ze geen zin om al helemaal over die tijd op te houden. Het was tot nu toe het enige onderwerp geweest, waar hij niet helemaal tegenin gegaan was. Waar ze gewoon over hadden kunnen praten, zonder dat hij zich bedreigd voelde. Een poosje spraken ze over oud-klasgenoten. Het bleek al snel dat ze beide de meesten op de dag na de diploma-uitreiking uit het oog waren verloren. Toch was het leuk om te bedenken, wat allemaal van hen terecht zou kunnen zijn gekomen. Vermoedelijk zaten ze er bij de meeste gigantisch naast want van Ramon was ook niet helemaal geworden wat ze hadden verwacht.

Nadat ze ongeveer iedereen hadden besproken, besloot ze het toch over hem te hebben. Hij was de enige waar ze het niet over hadden gehad maar de enige die haar echt interesseerde. Van haar wist hij inmiddels wel ongeveer alles wat er te weten viel.

'Kerstin vertelde me dat je relatief jong getrouwd bent.' Nam ze het risico, dat hij er meteen vandoor zou gaan. Ze wilde het weten en hij zou uit zichzelf niets vertellen, het zou echter niet beter tussen hen gaan, als hij er helemaal niets over zou zeggen.

Tot haar verbazing bleef hij zitten en antwoordde hij zelfs.

'Achttien is nogal jong ja.' Hij staarde naar de foto's. 'Mijn vriendin was zwanger. We hebben een dochter. Sabine. Onze ouders vonden dat we moesten trouwen,' hij haalde zijn schouders op. 'Het was niet zo'n succes. '

'Zijn jullie gescheiden?'

Hij knikte kort.

'Hou je nog van haar?'

Hij schudde zijn hoofd. 'Het is beter zo, ook voor Sabine.'

'Zie je haar wel eens?' Ze wist het niet zeker, maar ze dacht dat ze hem had horen stotteren.

'Wat denk je?'

'Ik weet het niet, Ramon.' Ze haalde haar schouders op, ze wist tenslotte niet wat er was gebeurd. 'Je zou haar kunnen bellen.' Ze wees op de telefoon.

Hij schudde snel zijn hoofd. 'Ze kent me vast niet meer en wat denk je dat Anet gaat zeggen als ik haar naar Sabine vraag?' Hij was van de bank opgestaan en bleef midden in de kamer staan.

'Dat weet je pas als je het probeert.' Ze glimlachte naar hem. Aan de ene kant blij dat ze iets meer van hem te zien kreeg, aan de andere kant voelde ze zich er schuldig over dat ze hem aan pijnlijke tijden liet denken. 'Je moet het natuurlijk zelf weten, in principe gaat het me niets aan.'

'Goed, dat je dat eindelijk inziet.'

'Ik wilde je alleen zeggen dat je wat mij betreft de telefoon kunt pakken en kunt bellen.'

'Ze hoeft niet te weten dat haar vader een mislukkeling is. Het is beter als ze me niet kent.'

Dat laatste had een beetje aarzelend geklonken, alsof hij wel even had overwogen te bellen.

Het deed haar pijn dat hij zo slecht over zichzelf dacht omdat zij hem heel anders zag. 'Dat meen je niet echt. Je doet alsof alles voorbij is. Alsof je echt geen kans meer hebt op een normaal leven. Alsof je daar het recht zelfs niet toe hebt. Alsof je geen recht meer hebt je dochter te zien.' Het viel haar plotseling op dat hij met zijn linkeroog knipperde. Dat had hij vroeger gedaan als hij nerveus was, net als dat hij een beetje stotterde als hij zich ergens erg druk om maakte. Ze had nog niet gehoord of gezien dat hij dat had gedaan. Tot nu, tot zijn dochter ter sprake was gekomen.

Ze wist niet precies waarom ze het deed. Misschien omdat hij er zo verloren bij stond en vanaf het een op het andere moment, zijn nogal stoere houding was verdwenen, maar ze liep naar hem toe en sloeg haar armen om hem heen.

Een poosje stond hij erbij alsof hij het liefst weg wilde vluchten, toen sloeg hij zijn armen ook om haar heen en drukte haar dicht tegen zich aan. Een tijd lang hielden ze elkaar gewoon goed vast. Langzaam begon echter tot haar door te dringen dat de omarming die ze hem spontaan had gegeven om hem te troosten, niet meer zo onschuldig was. Haar hart was op hol geslagen en hoe hun lippen elkaar precies gevonden hadden, wist ze niet meer, maar ze kusten elkaar nogal hartstochtelijk. Het verbazende er - aan was dat het heel vertrouwd aanvoelde. Het was alsof het zo hoorde en Nicole genoot met volle teugen van de zoen, van zijn omarming. Zijn handen die over haar rug gleden. Het was heerlijk hem te kunnen aanraken, het was heerlijk om weer zo dicht bij hem te zijn.

Ramon onderbrak de kus echter nogal abrupt. Uit de omarming

kon hij zich blijkbaar niet zo makkelijk losmaken, want hij hield haar nog steeds goed vast. 'Nic, dit kan niet. We... Dit...,' stamelde hij, terwijl hij langs haar heen keek.

'Niet ophouden alsjeblieft,' fluisterde ze terug. Ze raakte zijn gezicht aan en liet hem haar aankijken. Hij keek haar aan, alsof hij zich afvroeg of ze het echt meende. 'Alsjeblieft Ramon, laat het gewoon gebeuren.' Ze hoorde het zichzelf zeggen en verbaasde zich een beetje over haar woorden. Maar er was niets in haar dat het noodzakelijk vond, om er mee op te houden. In zijn armen voelde ze zich alsof ze eindelijk thuis was gekomen.

Blijkbaar geloofde hij haar, want hij trok haar weer dichter tegen zich aan.

Nicole werd gewekt door het zonlicht dat door een kier in haar gordijnen scheen. Iets was anders en meteen herinnerde ze zich de afgelopen nacht.

Ramon!

Loom draaide ze zich om, naar de plek waar ze hem verwachtte, maar hij was weg. Meteen klaarwakker stond ze op en snel trok ze haar badjas aan. Ze hoorde niets en eigenlijk wist ze al voor ze iedere hoek van haar huis had doorgekeken dat hij weg was. Ze vroeg zich af waarom dat zo'n pijn deed. Ze had toch niet echt verwacht dat hij bij haar zou blijven?

Ook vroeg ze zich af, waarom ze het niet had gemerkt. Ze was in zijn armen in slaap gevallen, ze had toch moeten merken dat hij haar losgelaten had en uit bed was gestapt?

Nooit eerder in haar leven had ze zich zo alleen gevoeld.

Ze ging op zoek naar haar bril. Maar ze dacht niet echt dat ze Ramon over het hoofd had gezien, ook al was ze half blind zonder het ding. Ze vond de bril uiteindelijk op de salontafel in de woonkamer en ze ging het huis opnieuw rond. In de hoop een briefje te vinden waarin hij haar liet weten dat hij terug zou komen en ze na de afgelopen nacht, nog lang en gelukkig zouden leven. Samen.

Bij die gedachte, kon ze zichzelf wel voor haar hoofd slaan. Ze was onmogelijk. Ramon had grote problemen, hij vertrouwde haar niet en dat was echt niet na één heerlijke nacht samen veranderd. Ook al wist zij dat ze, vannacht in zijn armen, weer thuis was gekomen. Vannacht had ze zich geliefd en veilig gevoeld, net als vroeger. Zoals het jaren geleden met Ramon was geweest, was het nooit meer met een andere vriend geweest. Vannacht was haar duidelijk geworden dat daar een reden voor moest zijn. Dat er een reden voor was dat Ramon weer in haar leven was verschenen. Dat wat ze vroeger altijd had gedacht nog steeds waar was. Ramon en zij waren voor elkaar bestemd. Op school waren ze er alleen te jong voor geweest, maar zelfs toen was het al waar geweest. Alleen zou ze hem vermoedelijk nooit meer zien, omdat het voor hem niet net zo duidelijk was. Omdat het in zijn leven in de eerste plaats om andere dingen ging. Eén daarvan was overleven en een andere was oppassen niet weer te worden teleurgesteld. Vooral in zichzelf.

Op het aanrecht naast het koffiezetapparaat, vond ze een rode roos. De bloem had hij uit haar tuin geplukt, daar stonden een paar nogal verwilderde rozenstruiken. Hij had niet geschreven of hij nog terug zou komen, of ze elkaar weer zouden zien. Als het aan hem lag waarschijnlijk niet.

Het koffiezetapparaat was warm, maar er was verder geen enkele aanwijzing te vinden dat hij het had gebruikt. Net als in de badkamer, daar had hij alles netjes opgeruimd en het was alsof hij helemaal niet geweest was. De roos was het enige bewijs dat ze hem had ontmoet en dat ze een avond met elkaar samen waren geweest. Nou ja, ook haar lichaam had hier en daar nog wel een bewijs van hun nogal hartstochtelijke nacht samen. Ze pakte de roos van het aanrecht en zette hem in een vaas.

De hele dag kwam ze niet op gang. Voortdurend dacht ze aan de avond terug: aan hun gesprekken. Ramon had zich in de loop van de avond steeds beter kunnen ontspannen en ze hadden het heel gezellig gehad, alsof ze echt vrienden waren, alsof ze meer waren dan dat. Ze dacht ook voortdurend weer aan het vrijen. Vrijen met Ramon had ze vroeger al heel bijzonder gevonden. Daar had ze altijd erg van genoten. Vrijen met Ramon nu was het heerlijkste wat ze ooit gedaan had. Ze wist dat ze hem terug moest zien, tenslotte waren ze ooit vrienden geweest en ze zag niet in waarom dat nu anders moest zijn.

Hoofdstuk 4

Haar hart ging als een razende tekeer toen ze hem zag. Nicole had niet verwacht dat hij zou toelaten, dat ze hem zo snel terugvond. Toen hij haar ontdekte, zag ze heel even zijn ogen oplichten daarna kwam hij wat aarzelend naar haar toe.

'Wat doe je nu weer hier?' vroeg hij echter bot.

Ze had niet echt gedacht dat hij haar met een onstuimige omhelzing zou begroeten. Gehoopt had ze daarop natuurlijk wel en ze was er een heel klein beetje teleurgesteld over dat hij zijn muur weer had opgetrokken. 'Ik wil gewoon even met je praten. Ik mis je.'

'Hoe kun je me missen? We zijn één avond bij elkaar geweest.' Hij schudde zijn hoofd en bleef op ongeveer een meter bij haar vandaan staan. Het deed haar pijn dat hij na hun heerlijke nacht zo reageerde en er in zijn afstandelijke houding niets was veranderd.

'Je kunt zeggen wat je wilt maar het was een hele gezellige avond.'

'Gezellig zou ik het niet willen noemen.' Hij trok zijn wenkbrauwen op.

'Hoe zou je het dan willen noemen?'

Hij haalde zijn schouders op en probeerde verveeld te kijken.

'Laten we het niet over details gaan hebben, oké?'

Het was haar duidelijk dat hij het niet erg vriendelijk bedoelde. Toch was er iets wat haar ervan overtuigde dat hij niet echt meende wat hij zei. Zijn muur was niet meer zo erg stabiel en zij kon er af en toe overheen kijken en hij wist dat.

'Zullen we ergens koffie gaan drinken, of iets gaan eten?' stelde ze voor.

'Nee, dank je,' wees hij haar voorstel onverschillig af.

In de hoop dat hij haar teleurstelling niet al te erg zou bemerken, veranderde ze van onderwerp. 'Heb je nog een baan gezocht?'

Hij had tijdens hun avond samen heel kort iets in die richting gezegd. Toen ze er verder naar had willen informeren, had hij haar weer iets gevraagd om van onderwerp te veranderen.

'Het valt niet mee om een echte baan te vinden als je geen adres hebt.'

'Je kunt toch mijn adres opgeven? Ik zou ook eens kunnen gaan kijken naar een baan voor je. Misschien vind ik wel iets voor je.'

'En wat stel je voor? Je betaalt me voor mijn diensten in bed? Mijn hemel Nicole, je moet wel erg wanhopig zijn.'

Ze zuchtte diep en probeerde zich niet diep gekwetst te voelen door zijn woorden. 'Dat was niet wat ik wilde voorstellen en dat weet jij ook. Toe nou, Ramon.' Ze was teleurgesteld, dat hij zo afstandelijk was. Maar wat had ze dan verwacht? Dat hij er na één avond met haar van overtuigd was, dat zijn leven best weer op orde te krijgen was? Dat ook hij tot de conclusie was gekomen, dat ze niet meer zonder elkaar konden leven? Hoewel haar de moed in haar schoenen was gezonken, wist ze dat ze het nu niet kon opgeven. Want dat was wat hij wilde. 'Doe alsjeblieft niet net alsof het helemaal niets voor je heeft betekend. Dat je je de hele avond naar hebt verveeld en het een opoffering voor je was om met me naar bed te gaan.'

'Laat ik het anders zeggen.' Hij kneep zijn ogen half dicht en zei vervolgens: 'Hoeveel vrouwen denk je dat me de laatste tijd hebben gesmeekt om een beurt?'

Ze voelde het bloed uit haar gezicht wegtrekken. 'Ramon?' fluisterde ze alleen.

'Je kunt het me niet kwalijk nemen dat ik heb genomen wat ik kreeg aangeboden. Ik was jarig en je was de enige met een cadeautje. Je denkt er teveel bij. Dat heb je altijd al gedaan. Ga naar huis Nicole en laat me met rust. Ik ben niet te redden. Je kunt je tijd in iemand anders steken.'

'Ramon zo was het niet, dat...' ze merkte dat er tranen in haar ogen sprongen. Ze draaide zich om en liep bij hem vandaan. Het had helemaal geen zin en haar tranen hoefde hij niet te zien. Ze had genoeg van zijn koppigheid, onverschilligheid en botheid. Ook zij had haar grenzen. Hoewel ze zijn laatste paar opmerkingen best had willen missen, zou ze zich opgelucht moeten voelen dat ze eindelijk haar grenzen had ontdekt. Hij had al meer gezegd en gedaan dat haar had gekwetst, maar dit sloeg alles. Oké, het was afgelopen, ze zou hem met rust laten. Hij had gelijk: hij was een hopeloos geval en niet meer te redden en zij was een idioot om zelfs maar één ogenblik te denken dat het anders was. Het was voorbij.

'Nic!'

Ze wilde niet luisteren, maar haar hart was opgesprongen toen ze hem haar naam hoorde roepen en ze aarzelde een moment. Met de rug van haar hand veegde ze de tranen van haar wangen en ze haalde een keer diep adem.

'Nic, wacht even...'

'Valt hij je lastig, schat?'

'George!' Ze schrok enorm van Georges stem en nog meer daarvan dat hij zijn arm om haar heen sloeg, precies op het moment dat ze zich naar Ramon wilde omdraaien. Op het moment dat ze had besloten dat het niets uitmaakte dat Ramon haar tranen zou zien. Hij wist toch wel dat hij haar had gekwetst. Zij was een open boek: naar zijn gevoelens moest worden geraden.

Ze rukte zich van George los en keek hem verontwaardigd aan. 'Nee, natuurlijk niet.' Toen ze in de richting keek, vanwaar Ramon haar had nageroepen zag ze dat hij weg was.

'Idioot!' riep ze tegen George. Snel liep ze de kant uit van waar ze vermoedde dat Ramon tussen de mensen was verdwenen, maar ze zag hem niet meer. 'Ramon?' Eigenlijk wist ze best, dat het geen zin had om hem te roepen. Maar hoewel hij haar met zijn opmerking en afwijzing pijn had gedaan was ze veel liever met hem samen dan met George. Bovendien had ze willen weten wat hij haar had willen zeggen. Misschien had hij het toch niet zo gemeend. Het zou niet vreemd zijn als hij net zo verward was door wat er tussen hen gebeurde, als zij.

'Ben je gek geworden? Kom terug! Wat doe je hier?' George was haar achterna gelopen en pakte haar weer bij haar arm. 'Kom mee, ik breng je naar huis. Heb je al je spullen nog?'

'Natuurlijk heb ik al mijn spullen nog,' weer rukte ze zich los. Ze kon Georges aanraking amper verdragen.

'Weet je het zeker?' Dat leek hem niet echt op te vallen of te storen.

'Ja, dat weet ik zeker.' Het enige wat Ramon van haar had gestolen, was haar hart en het probleem was dat ze niet helemaal zeker wist of ze dat terug wilde. 'George, laat me met rust!'

'Nicole, wat doe je hier eigenlijk?'

Natuurlijk luisterde hij niet naar haar, dat was niets nieuws.

'Ik was op zoek naar Ramon en nu is hij weg.' Ze bleef om zich heen kijken in de hoop Ramon ergens te ontdekken. Tevergeefs.

'Je bedoelt dat je die zwerver hebt opgezocht?'

'Ja,' zei ze kortaf. De minachting waarmee George het woord zwerver had uitgesproken beviel haar helemaal niet. Zijn arrogante houding beviel haar hoe dan ook niet. Hij was niet zelfverzekerd, hij was arrogant. Dat ze dat niet eerder had herkend.

'Dat die zwerver je Nic mag noemen, vind ik trouwens nogal overdreven.'

Ze keek George aan, maar besloot op die opmerking niet in te gaan. Ramon was de enige geweest waarvan ze had geaccepteerd dat hij haar Nic noemde. Voor haar was dat een bijzondere naam, aan haar gegeven door iemand die veel voor haar had betekend. George had die naam gebruikt als hij iets van haar gedaan had willen hebben. Niet lang overigens. Ze had hem al snel laten merken dat ze dat niet op prijs stelde, omdat hij het anders had gemeend als Ramon dat had gedaan. 'Ramon is een vriend van me.'

'Een vriend van je?' George schudde zijn hoofd. 'Je zult wel zijn persoonlijke liefdadigheidsinstelling zijn.'

Die opmerking maakte haar nog veel bozer. 'George, ik heb je al eerder gezegd dat het afgelopen is tussen ons. Ik wil je niet meer zien en jouw "goede raad" kan ik missen als kiespijn. Laat me met rust en bemoei je met je eigen zaken. Je hebt vast meer te doen dan mij achterna te lopen. Is er niet nog iemand die smachtend op je zit te wachten op je bureau?'

'Schat, kom op zeg. Wat is er met jou aan de hand? Het spijt me dat ik niet helemaal eerlijk tegen je ben geweest. Maar nu hoef je toch niet zo tegen me te doen? Ik wilde je alleen maar helpen.'

'George, ik ben niet je schat. Ik denk dat ik dat nooit ben geweest. Met mij is er niets anders aan de hand, dan dat ik jou gewoon helemaal niet meer wil zien. Ik wil niet meer met je bevriend zijn. Ik dacht dat ik je dat al had verteld. Ik heb geen behoefte aan jouw achterbakse gedoe en ik heb je hulp ook helemaal niet nodig.'

'Je bent alleen een beetje over je toeren, omdat je Wilma hebt ontmoet. Dat was niet helemaal de bedoeling.'

'Wat was niet helemaal de bedoeling? Je slippertje met Wilma, of dat ik erachter ben gekomen?' Hij had helemaal niet door waar dit over ging. 'George, laat me met rust. Het kan me niet schelen wat je met Wilma hebt of had of wilt. Ik weet alleen heel zeker dat ik jou in ieder geval niet wil. Helemaal niet meer, ook niet als oppervlakkige kennis. Ik heb er genoeg van. Laat me met rust!' Omdat ze er zeker van was dat ze Ramon toch niet meer zou zien, liep ze naar haar auto terug. George volgde haar, maar ze trok zich niets aan van zijn gepraat.

'Dag George.' Blij dat ze er was, opende de deur en stapte ze in. Snel startte ze de motor en reed ze weg. Dat ze George bijna over zijn tenen reed interesseerde haar weinig.

Hoofdstuk 5

'Ik heb Ramon getroffen.'

Kerstin keek haar verbaasd aan. 'Ramon van Oort?'

'Ja.' Alleen als ze aan hem dacht, voelde ze een heerlijke warmte in haar lichaam kruipen. Ondanks wat er de laatste keer dat ze hem had gezien was gebeurd, kon ze dat niet voorkomen.

'Weet je wat hij doet? Hij schijnt spoorloos te zijn verdwenen.' Kerstin was de enige van de tuinbouwschool die ze een enkele keer nog wel eens zag. Eén keer per jaar spraken ze met elkaar af in een café.

'Hij is in Utrecht,' vertelde ze Kerstin. Waarom had Kerstin haar niet eerder verteld dat Ramon spoorloos was verdwenen? Voor zover ze zich kon herinneren, hadden ze altijd wel even over hem gesproken. Gewoon als ze herinneringen ophaalden aan hun schooltijd want dat was wat ze meestal deden. Verder hadden hun levens nog maar weinig met elkaar gemeen. Als tieners hadden ze gedacht dat ze voor altijd de beste vriendinnen van de wereld zouden blijven.

'Weet je hoe het met hem is?' Kerstin leek wat verbaasd. 'Wat doet hij in Utrecht?'

Nicole haalde haar schouders op. 'Het ging vast wel eens beter met hem. Hij zwerft.'

'Zwerft?' Kerstin begreep het niet meteen.

'Hij heeft geen werk, geen dak boven zijn hoofd. Hij zwerft,' herhaalde ze langzaam. Zoals iedere keer als ze daar aan dacht, wist ze dat het niet eerlijk was. Dat hij dat niet verdiend had.

'Oh.' Kerstin was duidelijk geschokt, toen trok ze haar wenkbrauwen op en grinnikte. 'Hij was toch je wat kleine grote liefde. Dat was hij toch?'

Ze knikte, Kerstin had haar er altijd al beetje mee geplaagd dat haar grote liefde kleiner was dan zij. 'Ja, maar hij is nog gegroeid. Hij is nu groter dan ik ben.' Haar gevoelens voor hem waren niet veranderd.

'Toen was het met de wereld nog in orde. Ik had nooit verwacht dat alles zo anders kon worden.' Kerstin staarde in haar wijnglas.' Ik heb gehoord dat hij een nogal akelige scheiding achter de rug heeft.' Ze dronk een beetje afwezig een slok en Nicole vermoedde dat ze aan de ellende met haar ex-man dacht. Kerstin zuchtte een keer diep en glimlachte toen weer. 'Heb je hem gewoon op straat ontmoet?'

'Ja, ik stond plotseling oog in oog met hem.' Ze was er verbaasd over dat Kerstin meer van hem wist als zij en dat ze haar daar nooit iets over had verteld. Maar ze wist niet zeker, of ze dingen over zijn leven van Kerstin wilde horen en ze vroeg dus niets.

'Is hij erg veranderd?' vroeg Kerstin verder.

'Ik heb hem meteen herkend. Hij is veranderd, maar niet zoveel als hij me probeert wijs te maken.' Hoewel zijn ogen hem hadden verraden, was ze er nog steeds verbaasd over dat ze hem meteen had herkend.

'Hij is toch niet aan de drank of de drugs?' vroeg Kerstin met een bezorgd gezicht.

'Nee!' reageerde Nicole nogal heftig, terwijl ze zich realiseerde dat ze dat niet eens wist en ze daar niet eens over had nagedacht. Ze besloot dat ze het gemerkt zou hebben als dat zo was. Iemand die op straat leefde hoefde niet ook meteen aan de drank en de drugs te zijn.

Kerstin zat haar onderzoekend op te nemen. 'Ben je nog steeds een beetje verliefd op hem?'

'Ja, ik denk het.' Dat wist ze natuurlijk zeker, maar zo duidelijk hoefde ze daarover natuurlijk niet te zijn.

'En? Ga je daar iets aan doen?'

'Hij wil me niet meer zien, dus ik zal er wel niet veel aan kunnen doen.' Eigenlijk was ze niet van plan om het al helemaal op te geven, maar ze had besloten hem een beetje tijd te gunnen. Ook hoopte ze dat hij zich bij haar zou melden. Natuurlijk wist ze best dat de kansen daarvoor klein waren. Ze had met nogal tegenstrijdige gevoelens te kampen.

'Je hebt hem al eens eerder kunnen verleiden.'

Kerstin grinnikte.

'Verleiden?' Gelukkig bedacht Nicole op tijd dat Kerstin het over hun schooltijd had en niet over de avond, die ze vier dagen geleden met hem had doorgebracht. 'Met vijftien had ik niet zoveel om hem te kunnen verleiden.' Het had lang geduurd voor er bij haar ook maar iets van vrouwelijke vormen waren ontstaan. Daar had ze zich indertijd hele grote zorgen over gemaakt. Inmiddels was het ruim goed gekomen. Dat was Ramon ook opgevallen. Ze voelde dat ze begon te blozen, alleen al bij de gedachte daaraan. Kerstin lachte. 'Het is je toch gelukt. Jullie waren een hartveroverend stel.'

Nicole trok haar wenkbrauwen op en kon een zucht niet onderdrukken. 'Inmiddels zijn we allebei ouder geworden.' Het viel haar zelf op dat het een beetje zielig klonk.

'Maar je bent nog steeds verliefd op hem,' stelde Kerstin vast.

'Ik heb ook ouder gezegd, niet wijzer.' Nicole hief haar wijnglas op en veranderde snel van onderwerp. Ze moest proberen hem te vergeten. Ze waren ouder geworden en ze zou ook wijzer moeten zijn. Het had geen zin om zich aan gevoelens te blijven herinneren van zo lang terug. Meer dan dat kon het blijkbaar niet zijn. Hij wilde niet dat het meer was en ze wist best dat het beter was wanneer ze het daarbij zou laten. Een poosje zou ze het proberen. Wie weet lukte het haar hem binnen een paar dagen te vergeten. Erg veel hoop had ze daarop echter niet. Hij had altijd een speciaal plekje in haar hart gehouden en ze wist zeker dat dat altijd zo zou blijven. Want hij was het: haar grote liefde.

Hoofdstuk 6

'Ben jij Nic, eh.. Nicole Schothofen?' Een oudere man, type zwerver, stond aan haar bureau. Normaal zou ze zich naar geschrokken zijn, maar sinds ze Ramon kende was ze iets minder op haar hoede wat de mensen die op straat leefden betrof. Ze vermoedde dat er ook bij deze man iets mis gegaan was in zijn leven.

Ze knikte. 'Ja.'

'Ramon ligt in het ziekenhuis.'

'Wat?' Haar hart begon nu toch sneller te slaan van schrik en ze stond op. 'Hoe is het met hem? Wat is er gebeurd?'

'Iemand heeft hem kort en klein geslagen.'

Daarvan schrok ze nog meer.

'Waarom?' Ze realiseerde zich meteen dat de reden op dit moment onbelangrijk was. 'Hoe is het met hem?' vroeg ze weer.

'Ik weet het niet, ze laten me niet meer binnen.' Hij haalde zijn schouders op.

'Ik ga naar hem toe,' zei ze snel. 'Wil je met me mee?'

'Nee. Hij wilde niet dat ik het je ging zeggen. Hij dacht dat je het al wist.'

'Waarom dat?' Ze haalde een keer diep adem. Ze had zich inmiddels voorgenomen, dat ze hem niet meer wilde zien, maar nu kon ze hem niet in de steek laten. Nu moest ze weten of het goed met hem ging. Wat er gebeurd was. Het kon niet goed zijn als ze hem in het ziekenhuis hadden gehouden.

'Nu meteen?' De man grijnsde en ze zag dat hij niet echt veel tanden meer in zijn mond had.

'Ja, ik ga nu meteen.' Ze pakte de telefoon om haar baas te vertellen dat ze dringend weg moest, om persoonlijke redenen. Ze gaf hem niet de kans te protesteren. Ze legde haar spullen weg, pakte haar tas en liep achter haar bureau vandaan.

De man was het kantoor al uit verdwenen.

'Wacht even,' riep ze hem na, toen ze hem buiten weer ontdekte. Ze haastte zich naar hem toe. 'Hoe heet je?'

'Dat zeg ik je liever niet. Ik denk dat hij niet erg blij met me is als hij erachter komt dat ík het je heb verteld.' Hij lachte echter.

Nicole kon zich niet echt voorstellen dat Ramon voor hem een bedreiging zou kunnen betekenen. Hij was heel wat groter en breder dan Ramon.

'Dank je dat je bent gekomen.'

'Graag gedaan.' De man nam haar even onderzoekend op en glimlachte toen. 'Geef het niet op. Hij hoort niet op straat.'

Het deed haar goed dat hij hetzelfde vond als zij. 'Ik zal mijn best doen.'

Hij knikte langzaam. 'Dat zal je ook moeten om tot die koppige ezel door te kunnen dringen.' Hij glimlachte weer. 'Je zult het wel redden. In ieder geval succes.'

'Dank je,' antwoordde ze. Verbaasd over zijn woorden keek ze hoe hij met grote passen bij haar vandaan liep.

Onderweg naar het ziekenhuis bedacht ze dat Ramon toch niet helemaal onverschillig tegenover haar stond. Anders zou deze man nooit hebben geweten dat zij bestond. Dan zou hij niet hebben geweten, waar hij haar kon vinden. Dan zou hij niet Nic en Nicole hebben kunnen scheiden en zou hij haar ook niet hebben verteld, wat hij er van vond dat Ramon op straat leefde. Ramon moest met hem over haar gesproken hebben en in ieder geval was het voor zijn vriend duidelijk geweest dat zij bijzonder voor hem was en Ramon ook iets voor haar betekende.

Hoewel ze zich vreselijke zorgen om hem en om zijn reactie op haar maakte, luchtte die gedachte haar op. Hij gaf meer om haar dan hij haar wilde laten merken. Toch wist ze best dat hij niet blij zou zijn, als ze in het ziekenhuis zou opduiken om hem te bezoeken. Hun laatste ontmoeting stond nog diep in haar geheugen gegrift.

Het duurde niet lang voor ze wist waar hij lag. Gewoon op een zaal en niet op de intensive care. Ontslagen hadden ze hem nog niet dus helemaal in orde kon hij niet zijn.

Ze was vreselijk zenuwachtig en ze moest een keer diep ademhalen, voor ze de deur van zijn kamer opende. Ze ontdekte hem in het achterste van de vier bedden. Het bed aan het raam. Hij sliep en werd niet wakker toen ze de deur achter zich sloot. Ze liep zachtjes de kamer door en aan het voeteneinde van zijn bed, bleef ze naar hem staan kijken. Er zat een pleister boven zijn linker oog dat nogal blauw was. Op zijn voorhoofd en wang zaten een paar schrammen. Hij zag erg bleek en zijn linkerarm zat in het gips. Het zag er niet erg ernstig uit en ze voelde een brok in haar keel opkomen, van opluchting, van verontwaardiging, van liefde. Zo precies wist ze het niet, vermoedelijk van alles en nog veel meer. Ze moest een paar keer slikken om de brok weg te krijgen. Ze hield van hem. Hoewel ze dat had geweten, drong nu pas tot haar door hoeveel en wat dat voor haar betekende. Ze wilde niet meer zonder hem zijn. Geen moment.

Ze wist niet hoe lang ze naar hem had staan kijken en bedenken hoe het nu verder moest, toen hij haar naam mompelde en zijn ogen opende. Ze vroeg zich af of ze de volgorde goed had gehad, had hij eerst haar naam gezegd?

Nic?

Toen hij haar zag staan, keek hij zo verbaasd dat ze het helemaal niet meer wist. Waarschijnlijk had ze het zich alleen verbeeld, omdat ze zelf met haar gedachten bij "houden van en voor altijd samen" was.

Ze liep dichter naar hem toe en het was erg prettig dat hij niet meteen over haar aanwezigheid begon te klagen en daarmee een paar seconden wachtte, maar ze zag dat zijn verbazing al snel in ergernis veranderde.

'Wat doe je hier?' vroeg hij haar na die stilte. 'Kan je me dan helemaal nergens met rust laten?'

Ze schudde haar hoofd. 'Hoe is het met je?'

'Je wist er dus van,' ging hij verder zonder haar vraag te beantwoorden. 'Nicole ga weg en laat me met rust.' Hij zuchtte diep en draaide zijn hoofd een andere kant op.

Dat hij haar Nicole noemde deed haar meer pijn dan het feit dat hij zich wegdraaide en onverschillig naar buiten begon te staren.

'Een vriend van je heeft het me verteld,' zei ze zachtjes. 'Hij vond blijkbaar dat ik het moest weten. Ik begrijp niet wat je bedoelt met dat ik het wist.' Ze herinnerde zich dat zijn vriend haar ook al zoiets had verteld.

'Je begrijpt meestal niet wat ik zeg. Je snapt er helemaal niets van.' Hij keek haar weer aan. Zijn ogen schitterden van woede en er was ook weer wat kleur op zijn wangen verschenen. 'Ik zal doen wat die mannen hebben voorgesteld.'

'Welke mannen?' Verward probeerde ze te bedenken, waar hij over kon hebben maar haar hoofd was leeg.

'Die vrienden van jou waaraan ik dit te danken heb. Ik zal je met rust laten. Dus laat mij ook met rust!' Hij bewoog zijn hoofd wat abrupt en doordat hij zijn ogen even dichtkneep kon ze zien dat hij pijn had. Haar hart sprong op en automatisch deed ze een stap dichter naar zijn bed toe.

'Ramon?'

'Nee! Ik heb genoeg van je. Ik dacht dat je dat onderhand wel door had.'

Hij keek haar zo boos aan dat ze een stap terug deed.

Nooit eerder had ze zijn ogen zo donker gezien.

Ze opende haar mond om iets te zeggen, maar er kwam geen woord over haar lippen. Ze sloot haar mond weer, om de brok in haar keel weg te slikken. Ramon had zijn blik weer op het raam gericht en het was duidelijk dat hij echt niet van plan was om met haar te praten. Inmiddels hadden de tranen haar ogen bereikt en ze besloot dat ze hem niet de lol wilde gunnen hem nog duidelijker te laten merken wat ze voor hem voelde. Ze draaide zich om en liep de zaal uit.

In de gang gekomen, moest ze eerst even gaan zitten. De tranen vertroebelde haar blik nogal en ook wilde ze hem niet alleen laten. In ieder geval niet voor ze had begrepen waar dit over ging. Zou hij echt hebben bedoeld, dat vrienden van haar hem in elkaar hadden geslagen?

Waarom zouden haar vrienden dat doen? Ze zou niet weten wie daar ook maar iets aan zou hebben. Niemand wist dat ze elkaar kenden, dat ze elkaar weer hadden ontmoet. Niemand wist het behalve Kerstin en George.

George!

Haar adem stokte haar in haar keel en er liep een koude rilling over haar rug. Het was zo duidelijk als wat. George moest erachter hebben gezeten. Ze had inmiddels zelf ontdekt dat achter zijn gladde zakenmannenuiterlijk een paar gemene trekjes zaten. Hij zou alles doen om zijn zin te krijgen, omdat hij niet kon accepteren dat de zaken anders liepen dan hij ze had gepland.

Ze stond op en liep het ziekenhuis uit. Ze zou meteen naar hem toe gaan en hem vragen hoe het in elkaar stak. Ramon had het vast niet uit zijn duim gezogen dat degene die hem zo had toegetakeld haar kende. George was de enige waarvan ze zich kon voorstellen dat hij zover ging.

Ze wilde er niet aan denken wat dat over haar mensenkennis duidelijk maakte. Ze was ongeveer twee jaar met hem bevriend geweest.

Omdat zijn secretaresse weer niet op haar plaats zat en ze al zeker tien minuten had gewacht in de hoop dat ze terug zou komen, klopte ze op de deur van Georges kantoor. Ze hoorde niemand zeggen dat ze binnen kon komen, er was ook niemand die zei dat ze geduld moest hebben. Ze opende de deur dus maar om te kijken of er iemand was.

George was er en er zat een vrouw op zijn bureau. Maria, zijn secretaresse.

Ze streelde zijn wang terwijl George bezig was iets op een beeldscherm te lezen. Even was Nicole helemaal vergeten wat ze er kwam doen en misschien ook door alles wat er was gebeurd, sinds ze Ramon weer had ontmoet, barstte ze in een zenuwachtige lachbui uit.

George staarde haar aan terwijl hij de knoopjes van zijn overhemd begon dicht te knopen. Blijkbaar had Maria niet alleen zijn wang gestreeld. Hij had echter een knoopje gemist en alles zat scheef.

Nicole probeerde met lachen te stoppen, maar de situatie was zo idioot dat ze daar behoorlijk veel moeite mee had.

Maria liep snel het kantoor uit.

'Oh wow George, doe je wel eens iets anders als je op kantoor bent?' grinnikte ze nog na. 'Nou ja, dat kan natuurlijk allemaal als je de baas bent.' Wat was ze blij dat ze niet meer met hem samen was, dat ze er nog op tijd achter was gekomen wat voor rotzak hij was. Dit was echt niet pas begonnen sinds ze die relatie, die hij had gewild, niet meer hadden. Ze begreep nu waarom hij het nooit op prijs had gesteld als ze naar zijn kantoor kwam zonder afspraak. Op dat moment schoot haar weer te binnen, waarom ze zijn kantoor was binnen gelopen.

'Ik kan het je uitleggen, Maria is....'

'Je secretaresse, dat weet ik, maar daarom ben ik niet hier. Wat jij met je secretaresse waar en wanneer uitspookt gaat mij niets meer aan. Je kunt me uitleggen waarom Ramon bont en blauw in het ziekenhuis ligt.'

'Maak je je nog steeds druk om die landloper? Nicole, kom op zeg.' Hij had het voor elkaar gekregen zijn overhemd fatsoenlijk dicht te knopen.

'Waarom heb je dat gedaan, George?' Ze liep dichter naar hem toe. Het lachen was haar inmiddels vergaan. Hij was het echt geweest.

'Omdat het niet goed voor je is om met hem bevriend te zijn. Ik maak me zorgen om je.' Hij sprak rustig en scheen zich weer op zijn gemak te voelen. Het ging dan nu ook niet om zijn gedrag met zijn secretaresse. Mensen in elkaar slaan, was blijkbaar iets wat normaal voor hem was.

'Dat heb ik gezien ja.' Ze knikte naar de deur. 'Daar was je vast ook heel druk mee bezig, toen ik een paar weken geleden binnenkwam. Met wie ik bevriend ben, maak ik zelf wel uit. Het kan geen grotere fout zijn met Ramon bevriend te zijn dan met jou.' Hoewel ze er zeker van was geweest dat hij achter de mishandeling van Ramon had gezeten, kwetste het haar vreselijk dat hij zelfs dacht dat hij er goed aan had gedaan. Hoe kon hij zo gemeen zijn en waarom was haar dat niet eerder opgevallen?

'Nicole, denk na. Wij kunnen het toch goed hebben samen.' Hij kwam nog een stap naar haar toe.

'Ik heb al veel te lang nagedacht. Waarom denk je dat ik nooit iets in trouwen met jou heb gezien. Ik ben blij dat je me nooit hebt kunnen overhalen. Ik wil je nooit meer zien.' Ze slikte. 'Als

Ramon besluit de mishandeling aan te geven bij de politie, zal ik hem steunen. De ziekenhuisrekening zal ik bij jou declareren. Als je die niet betaalt, krijg je echt problemen.' Ze draaide zich om en liep naar de deur.

'Nicole, kom terug!' George kwam achter haar aan. 'Nicole...'

'George, je hebt me vast wel begrepen.' Ze trok de deur achter zich dicht en liep weg. Ze knikte naar Maria, die zich naar haar plaats achter haar bureau had gehaast en verliet het gebouw.

George was nu helemaal verleden tijd, ze wilde nooit meer iets met hem te maken hebben. Het voelde als een opluchting.

Ze verwachtte en hoopte Ramon in ieder geval nog één keer te zien: als hij er achter was gekomen dat zij de ziekenhuisrekening betaalde. Ze hoopte dat hij zou komen, ook al was ze ervan overtuigd dat het dan weer op oncnigheid ging uitlopen.

Hoofdstuk 7

'Hoi,' Nicole voelde zich heerlijk warm worden, toen ze Ramon in de deuropening zag staan. Haar hart klopte meteen stukken sneller dan normaal en er verscheen een glimlach op haar gezicht. 'Kom binnen.'

Hij fronste zijn wenkbrauwen. 'Nicole,' hij begon meteen te protesteren, terwijl hij zijn best deed om haar vooral niet aan te kijken.

'Wil je een kop koffie, of iets anders? Kom even binnen,' onderbrak ze hem, ze pakte zijn gezonde arm vast en trok er zachtjes aan. Zo snel zou ze hem niet laten gaan. Er zat voor hem niet veel anders op, dan naar binnen te lopen.

'Ik heb net koffie gezet en gisteren heb ik bananencake gebakken. Wil je een stuk?' sprak ze snel verder.

Hij stond naar haar te kijken alsof hij echt dacht dat ze niet goed bij haar hoofd was. Als het om hem ging, was ze dat vermoedelijk ook niet. Ze voelde zich er ook niet echt door beledigd.

'Ga zitten,' ze wees naar de bank. 'Ik ben snel weer terug.' In de keuken haastte ze zich nogal. Ze was er een beetje bang voor dat hij zou verdwijnen als ze te lang wegbleef.

Toen ze terugkwam in de woonkamer, stond hij echter nog precies daar waar ze hem had achtergelaten. Ze liep langs hem heen en zette het blad met de koffie en de cake op de salontafel. Blij dat ze het van de zenuwen niet had laten vallen.

'Hoe lang ben je al uit het ziekenhuis?' Ze bekeek zijn gezicht, dat behalve door de stoppels van zijn kleurloze baard, door nogal wat blauwe plekken werd bedekt. Zijn oog was nog steeds behoorlijk blauw, maar de pleister die er had gezeten was weg. Daardoor was te zien, dat de snee was gehecht. Ze voelde een vreselijke behoefte om hem aan te raken, hem te troosten. Gelukkig kon ze zich nog net beheersen. De afstand die hij tussen hen probeerde te bewaren, maakte haar nerveus.

'Sinds eergisteren,' mompelde hij. 'Ik kom om een deal voor het geld te maken.'

Nicole schudde haar hoofd en ging achterover op de bank zitten. 'Daar hebben we het straks wel over.' Ze pakte een plak cake van de schaal en nam een hap. 'Hij smaakt prima, al heb ik hem zelf gebakken.'

Ramon ging toch ook zitten en pakte ook een plak cake van de schaal.

Hopelijk was het niet al te duidelijk, hoe opgelucht ze was.

'Hoe is het met je?'

'Tot jouw vrienden zich met mijn leven gingen bemoeien, was me dit nog niet gebeurd.' Verontwaardigd tilde hij zijn gipsarm omhoog.

Bij die zin had ze het gevoel in elkaar te krimpen en ze ging ook weer wat rechterop zitten. Zo ontspannen als ze zich wilde voordoen was ze in geen geval en zo'n goede actrice dat Ramon dat niet zou merken was ze niet.

'George hoort niet meer tot mijn vrienden. Ik heb hem voorgoed uit mijn leven geschrapt. Hij is degene die uiteindelijk de ziekenhuisrekening gaat betalen. Ik denk dat je daar wel mee kunt leven. Als je aangifte wilt doen bij de politie, zal ik je helpen.'

Ze slikte moeilijk, toen ze aan de ontmoeting met George terugdacht. Ze had daarna gelukkig niets meer van hem gehoord of gezien. Ook geen verontschuldiging overigens. Niet dat ze die verwachtte, maar het zat haar nog steeds dwars dat ze hem zo verkeerd had ingeschat. 'Het spijt me Ramon.'

'Je gaat me toch niet vertellen, dat je je nu ook nog schuldig voelt?' vroeg hij spottend. 'Je was al amper te verdragen, toen je alleen maar medelijden met me had.'

'Dat is het niet Ramon.' Ze keek hem aan. Hij had *amper* gezegd. Helemáál onverdraaglijk vond hij haar dus niet. Er was nog hoop.

Het was echt erg met haar gesteld dat ze zich wanhopig aan zulke opmerkingen vastklampte. Dat ze er zo'n moeite mee had om te accepteren dat hij haar niet wilde in zijn leven.

'Wat is het dan?'

De nogal zacht gestelde vraag verbaasde haar, omdat dat onherroepelijk tot gevolg had dat ze een heel persoonlijk gesprek zouden hebben. Of in ieder geval zou zij nu persoonlijk moeten worden. Ze zag ook dat hij probeerde het te vermijden, maar hij knipperde een keer teveel met zijn linkeroog. Ze slikte toen ze besefte dat hij nerveus was. Hij was niet vreselijk stoer aan het doen: ook hij was nerveus.

'Je vroeg me een paar weken geleden of ik verliefd was. De reden dat ik twijfelde was, dat ik toen al weer verliefd op jou geworden was. Inmiddels twijfel ik niet meer. Ik ben verliefd op je, Ramon.' Haar stem had getrild bij de bekentenis. Hij wist dat natuurlijk best, maar het hem te zeggen was toch anders. Vooral omdat hij daardoor nog meer macht over haar kreeg.

Ramon keek haar echter aan, alsof ze iets in het Chinees had gezegd, alsof het echt helemaal nieuw voor hem was.

'Daar kan ik ook niets aan doen,' verdedigde ze zich, voor hij een of andere rotopmerking zou gaan maken.

'Anders had je dat wel gedaan.' Hij sprak zachtjes en het was één van de weinige keren dat de spottende toon weg was. Het was haar niet ontgaan, dat hij een keer had gestotterd.

'Dat denk ik niet.' Ze haalde diep adem. 'Het is helemaal niet erg om verliefd op je te zijn. Je vergeet dat ik je al langer ken, dan de afgelopen paar weken. Ik was verliefd op je en dat is alleen weggegaan, omdat we elkaar uit het oog verloren zijn. Het was nooit echt voorbij.'

'Ik ben geen vijftien meer, Nic.'

'Dat weet ik, ik toch ook niet, maar zo vreselijk veel zijn we niet veranderd.' Ze was weer Nic en onwillekeurig glimlachte ze.

Hij trok zijn wenkbrauwen op. 'Ik denk dat ik erg veranderd ben.'

'Natuurlijk ben je wel wat veranderd, dat is niet te vermijden. Maar ik denk, dat wanneer je een normaal leven zou leiden, je weer een heel eind de oude Ramon kan zijn. Toen we die avond laatst samen waren, kon je een heel eind de oude zijn en was je de Ramon waar ik zo vreselijk verliefd op was.'

'Je bent verliefd op een herinnering, dat is alles,' protesteerde hij, terwijl hij naar zijn vingers staarde.

'Als dat alles was, zou het niet zo moeilijk voor me zijn om te accepteren dat je me niet wilt. Al die jaren heb ik het zonder je kunnen uithouden. Als het alleen de herinnering was, zou me de gedachte, dat je weer uit mijn leven verdwijnt niet zo bang maken.'

'Misschien wil ik niet meer diegene zijn, waar je toen verliefd op was.'

'Daar lijkt het op, maar dat geloof ik niet. Je bent bang voor een normaal leven. Je bent bang om weer te mislukken. Nu kan je niets meer gebeuren. Het kan nooit beroerder worden dan dit en je bent er inmiddels aan gewend. Dat is makkelijker, dan het risico aan te gaan opnieuw te beginnen.' Waar ze dit inzicht vandaan had, wist ze ook niet precies.

Ze zag dat hij weer met zijn oog knipperde en om zijn nervositeit te verbergen, greep hij naar zijn koffiebeker. Die was echter leeg.

'Ik haal wel nieuwe voor je,' zei ze snel, terwijl ze haar beker van tafel pakte.

Hij gaf haar zijn beker aan en ze liep naar de keuken, weer hopend dat hij niet zou verdwijnen. Ze had hem er alle reden toegegeven, door zijn gevoelens te analyseren.

Misschien zat ze er helemaal naast, misschien was hij de mislukkeling waarvoor hij zich hield. Toch was er iets geweest, wat haar de hoop gaf dat hij het met hun situatie ook niet gemakkelijk had. Misschien betekende dat, dat hij meer voor haar voelde dan hij toegaf. Als ze het mis had, dan zou hij haar hart breken en dat wist hij nu. Niet echt een leuk vooruitzicht. Bijna op hetzelfde moment bedacht ze hoe het zou kunnen zijn, als ze gelijk had en hij haar hart niet zou breken. Een heerlijke warmte doorstroomde haar lichaam. Wat er ook zou gebeuren, ze zou het niet zo gemakkelijk opgeven als hij wilde. Nog steeds een beetje zenuwachtig, schonk ze de koffiebekers vol en liep ze terug naar de kamer.

Tot haar opluchting was hij er nog en hij keek haar aan op het moment dat ze de kamer binnenkwam. Automatisch glimlachte ze naar hem. 'Koffie?' Ze overhandigde hem de beker en hij glimlachte terug.

Hij glimlachte echt naar haar. Zijn gezicht lichtte op en zijn ogen werden nog een klein beetje groener, alsof hij blij was haar te zien en haar hart sloeg voor de zoveelste keer op hol.

'Als je nog eens zo naar me glimlacht, laat ik je helemaal nooit meer met rust,' zei ze zachtjes, een beetje hees.

'Ik geloof dat je dat toch niet van plan bent.' In één slok dronk hij de hete koffie en hij zette de beker op de tafel.

'Ik ben blij dat je het door hebt.' Ze had er moeite mee, hem niet aan te blijven staren in de hoop nog zo'n glimlach te kunnen zien.

'Nic,' hij aarzelde plotseling. 'Het spijt me wat ik tegen je heb gezegd, laatst.'

Ze slikte en haalde haar schouders op, terwijl haar glimlach mislukte. 'Het is al goed, ik ben het alweer vergeten,' loog ze.

Een moment nam hij haar onderzoekend op. 'Nee, dat ben je niet. Ik weet dat ik je pijn gedaan heb.' Hij zuchtte diep en pakte haar hand vast. 'Nic, je komt zo dichtbij en dat maakt me nerveus. Evengoed geeft me dat niet het recht om zo tegen je te praten.'

Nu lukte haar glimlach wel. 'Dat klopt,' zei ze zachtjes, 'maar ik denk ook dat we allebei een beetje moeite hebben met de situatie.'

'Het spijt me, Nic.'

Voor het eerst die avond hield hij echt oogcontact met haar en ze geloofde hem en knikte. Meteen daarop werd ze met nog zo'n heerlijke glimlach beloond. Ze had hem voor de consequenties gewaarschuwd en om te voorkomen dat ze zich meteen in zijn armen zou storten, zei ze snel: 'Ik moet nog eten koken. Wil je blijven eten?'

Weer duurde het even voor hij had besloten of hij het zou doen of niet, daarna knikte hij langzaam. 'Vind je het goed, als ik voor die tijd douche?'

'Natuurlijk. Ik kan intussen je spullen in de wasmachine gooien,' bood ze aan.

Hij knikte weer.

Ze begon toch nog wat nerveus aan het eten, toen ze hem naar de badkamer hoorde lopen. Misschien had ze hem niet moeten zeggen dat ze verliefd op hem was. Maar wat maakte het uit. Het was zo en hij was gebleven.

Wat zou de rest van de avond brengen? Ze had er moeite mee dat hij zei, dat hij haar niet wilde in zijn leven en toch weer iedere keer terugkwam. Ze was er vreselijk blij om dat hij weer terug was gekomen.

Ze wist dat hij tijd nodig had en dat ze het van hem zou blijven accepteren, tot hij een echte beslissing had genomen.

Gelukkig had hij vanavond besloten te blijven en hij stond onder haar douche. Even overwoog ze om naar hem toe te gaan. Misschien had hij hulp nodig met zijn arm?

Niet zo'n goed idee, het zou waarschijnlijk alleen maar gevaarlijker voor zijn arm worden. Ze opende de diepvries en haalde er gehakt uit. Ze ging tortellini met bolognesesaus maken. De kou uit de diepvries was precies wat ze nodig had. Ze had het veel te warm gekregen, bij de gedachte aan Ramon onder de douche. Ze legde het gehakt in de magnetron om te ontdooien en liep naar boven. Ze pakte een trainingspak uit de kast, dat zou hij kunnen aantrekken als zijn kleren in de wasmachine zaten.

Ze legde het trainingspak op de wasmand en ging snel naar beneden voor ze inderdaad nog bij hem onder de douche zou stappen. Het idee was erg verleidelijk. Maar zoals de zaken er voorstonden, was de kans dat ze een relatie zouden krijgen - hadden ze die niet al lang? - weer aanwezig en zolang, zou ze het vast wel kunnen volhouden. Plotseling was haar onzekerheid verdwenen en voelde ze zich er alleen maar gelukkig over dat hij er was. Ze zou er een bijzondere avond van maken.

Ze was druk bezig met de voorbereiding van het avondeten toen hij, in haar trainingspak, naar haar toe kwam. Ze zette de salade op de tafel, terwijl zijn verschijnen in de keuken haar al weer hartkloppingen bezorgde.

'Nic,' hij fluisterde haar naam. 'Ik loop niet weg. Ik denk dat je gelijk hebt wat mijn leven betreft. Misschien moet ik het proberen.'

Ze beet op haar lip en slikte een brok in haar keel weg.

'Help je me?' vroeg hij wat onzeker.

'Oh ja, ik help je.' Ze liep naar hem toe om hem te omarmen. 'We krijgen jou wel weer op de been.' De woorden "Ik hou van jou" spookten door haar hoofd, maar ze slikte ze in. Hij zou zich waarschijnlijk bedenken en weggaan en het was juist zo heerlijk, dat hij er was.

'Verwacht niet te veel Nic,' zei hij, ten teken dat ze inderdaad al veel verder was dan hij.

Ze liet hem met tegenzin los en keek hem aan. 'Ik verwacht alleen van je dat je jezelf en ons een eerlijke kans geeft.' De onzekerheid in zijn ogen was nog niet weg. Maar het was altijd beter, dan de onverschillige spot die hij gebruikte om haar op een afstand te houden. Zijn onzekerheid zou wel verdwijnen, dat had alleen een beetje tijd nodig en zij ging hem daarbij helpen.

De kookwekker liep af.

'Dat was ons eten,' verklaarde ze.

Ramon knikte en drukte een tedere kus op haar lippen. 'Kan ik ergens mee helpen?'

'Als je denkt dat het lukt met die arm, zou je de tafel kunnen dekken.' Ze had er moeite mee om naar het eten om te schakelen. Hij had niets gezegd, over wat ze van hem verwachtte. Misschien zou hij dat nog doen, want zijn houding was veranderd. De achterdochtige blik was uit zijn ogen verdwenen en ook was hij niet meer zo gespannen, dat het leek alsof één aanraking genoeg was om hem te laten wegvluchten. Het verbaasde haar dat het zo'n duidelijk verschil was. Het maakte hem nog veel aantrekkelijker.

Hij knikte langzaam. 'Ik zal kijken wat ik voor je kan doen.' Hij tilde zijn gipsarm op en grijnsde. 'Ik hoop, dat je niet al te erg aan je servies gehecht bent.'

'Je zou kunnen beginnen met het bestek,' stelde ze voor, ze klonk een beetje ademloos. Hij was terug, dit was Ramon zoals ze hem vroeger had gekend, waarvan ze zoveel had gehouden.

Hij glimlachte en trok haar daarna in zijn armen. Hij zei niets maar drukte haar dicht tegen zich aan, alsof hij niet meer van plan was haar ooit weer los te laten. Ze vermoedde dat ze het antwoord op haar vraag had gekregen. Hij liet haar natuurlijk toch los, maar evengoed had ze zich al lang niet meer zo heerlijk ontspannen en gelukkig gevoeld.

'Ik ga er weer eens vandoor,' hoorde ze hem die avond heel veel later tot haar schrik en verbazing zeggen.

'Waarom zou je er vandoor gaan? Je kunt toch hier blijven? Ik wil graag dat je hier blijft.' Ze sprak snel, alsof ze bang was dat hij weg zou zijn, voor ze klaar was met praten.

Dat was ze ook. Hij was al van de bank opgestaan en stond haar onderzoekend op te nemen. Alsof hij wilde zien of ze het werkelijk meende.

'Wil je dat ik bij je intrek?'

'Ja, eigenlijk wel.' Haar stem klonk hees en ze realiseerde zich, dat dat inderdaad was wat ze wilde.

'Dat gaat meteen wel erg ver.' Hij ging echter weer zitten.

'Ik weet het, maar als je dat niet wilt hoeven we niet als stel met elkaar te leven. Ik kan je ook een kamer tot je beschikking stellen en dan woon je gewoon hier. Dan heb je een adres en wordt het misschien makkelijker voor je om een baan te zoeken.' Het idee klonk haar al meteen belachelijk in haar oren, maar het was beter dan hem weer uit haar leven te laten vertrekken.

'En je denkt dat je dat kunt volhouden?' Hij grijnsde naar haar, alsof hij ook wel wist dat dit haar noodgevallenplan was.

'Als je het echt wilt, denk ik het wel,' zei ze echter zachtjes. Als hij alleen interesse zou hebben in haar noodgevallenplan, zou ze wel moeten. Het zou dan een kwelling worden, maar dan zat er niets anders op.

'Ik weet niet, of ik het zou kunnen volhouden.' Hij werd plotseling heel erg serieus. 'En ik heb me voorgenomen om me nooit meer aan iemand te binden.'

'Denk je niet dat het daarvoor al te laat is?' Ze slikte, toen ze zag dat hij weer met zijn oog knipperde.

Hij haalde diep adem. 'Ik denk dat het al te laat is, maar we kunnen misschien nog terug als we elkaar nooit meer zien.'

'Ramon...' ze schudde haar hoofd, die gedachte deed vreselijk veel pijn, maar het zou dan de enige mogelijkheid zijn.

'Zolang je maar niet zwanger wordt.'

'Dat ligt niet alleen aan mij.' Ze zou na het weekend meteen de pil gaan halen, als hij er zich daar zo druk om maakte.

'Dat weet ik. Ik hoop alleen dat je geen trucs gaat uithalen, of me probeert om te praten. Want dan ga ik er meteen vandoor.' Hij keek haar niet aan toen hij dat zei.

Ze herinnerde zich aan wat hij over zijn dochter had gezegd. Dat het beter voor haar was als ze hem niet zou kennen. Zo zou hij er bij een ander kind ook over denken, ook al zou hij het vreselijk missen.

'Oké.' Ze haalde een keer diep adem. 'Ik ben niet van plan om zwanger te worden, nooit geweest ook. Ramon, ik wil jou in mijn leven en op het moment is er helemaal niets belangrijker voor me dan dat.' Even vroeg ze zich af of het echt wel zo'n goed idee was, iets met hem te beginnen en niet te weten waar ze zich in zou storten. Want hoewel ze wist dat ze van hem hield, wist ze niet wat er ging gebeuren. Zo goed kende ze hem nu ook weer niet - niet de Ramon van nu tenminste. Over zijn huidige leven had hij nog steeds niets verteld. Maar zoals ze zich nu voelde, zou ze alles doen om hem bij zich te houden. 'Ramon, blijf een poosje hier dan zien we wel wat er gebeurt. Je zou zeggen dat we volwassen genoeg zijn, om de consequenties aan te kunnen, als het toch niet helemaal loopt zoals we verwachten.'

Hij haalde diep adem. 'Oké. Maar als je me er uit wilt hebben moet je het me meteen zeggen.'

Ze knikte, maar kon zich niet voorstellen dat het daar ooit van zou komen. Nu was ze er in ieder geval erg gelukkig over dat hij bij haar zou blijven.

Hoofdstuk 8

Hij was weer weg, stelde ze de volgende ochtend met een schok vast, toen ze de lege plek naast haar in bed ontdekte. Eigenlijk was ze er van uitgegaan dat hij zou blijven. Dat hij echt bij haar in zou trekken, zoals ze hadden besproken. Maar ze was weer alleen wakker geworden.

'Goedemorgen.' Ramon kwam echter niet veel later haar slaapkamer binnen. 'Ik heb je toch niet gewekt?' Hij ging bij haar op bed zitten en kuste haar teder.

Van opluchting sloeg ze meteen haar armen om hem heen en trok hem dicht tegen zich aan. Hij was er nog, hij was er dit keer niet vandoor gegaan. Ze realiseerde zich dat ze hem ook niet helemaal vertrouwde en daar schrok ze nogal van.

'Ik wist niet of je moest werken vandaag, daarom heb ik nu al het ontbijt gemaakt. Ik had je het erg graag op bed gebracht. Maar ik denk dat dan de helft beneden aan de trap zou zijn beland.' Hij streelde zachtjes haar gezicht en leek niet gemerkt te hebben dat ze zich even een klein beetje ongemakkelijk gevoeld had.

'Ik hoef vandaag niet te werken, het is zaterdag.' Ze kreeg het gevoel dronken te worden toen ze in zijn grijsgroene ogen keek.

'Zullen we dan onderhand maar eens gaan ontbijten?' stelde ze zachtjes voor, hoewel ze het ook wel zag zitten nog langer met hem in bed te blijven.

Hij knikte en lachte toen haar maag rommelde.

'Ik heb op je terras de tafel gedekt.'

'Zalig.' Het was nu al te gek om met hem samen te zijn. Het was eeuwen geleden dat ze voor het laatst op het terras had ontbeten. Het was lang geleden, dat ze zelfs op het terras was geweest.

'Dat kan ik je niet garanderen,' zei hij zachtjes. ' Misschien hebben de vogels en mieren inmiddels alles opgegeten.'

Ze glimlachte. 'Dan moeten we dat maar eens gaan controleren.'

'Je doet niet veel aan je tuin hè?'

'Nee, daar heb ik weinig tijd voor en ook niet zoveel zin in eerlijk gezegd. Dit is het huis van mijn opa en oma geweest en ik heb het geërfd. De tuin is wat te groot voor mij. Ik neem me iedere keer weer voor er iets aan te doen, maar het komt er nooit van.' Ze haalde haar schouders op.

'Zonde.' Hij keek de ravage eens rond. 'Er is best wat van te maken.'

'Als jij het leuk vindt, ga gerust je gang.' Ze haalde haar schouders op. 'Ik weet niet eens waar ik moet beginnen.'

'Heb je op de tuinbouwschool dan niets geleerd?' plaagde hij haar.

Als antwoord gooide ze hem een verfrommeld servetje naar zijn hoofd. Het ging ongeveer een meter aan hem voorbij. Hij trok grijnzend zijn wenkbrauwen op, daarna richtte hij zijn aandacht weer op de tuin.

'Als je er niets op tegen hebt doe ik er wel iets aan. Hoewel ik je rozen erg mooi vind, denk ik dat je wat meer soorten planten kunt gebruiken en iets minder onkruid.' Hij lachte weer en begon te vertellen wat hem leuk leek in haar tuin.

Het was fascinerend om naar hem te luisteren. Het was leuk om te merken dat hij ergens zo enthousiast over kon worden. Ze kon de nieuwe tuin al helemaal voor zich zien. 'Als je wilt, kunnen we vanmiddag meteen wel ergens gaan kijken. Er is hier niet ver uit de buurt een groot tuincentrum,' stelde ze voor in de hoop het visioen verwezenlijkt te zien. 'Je moet maar zeggen wat je allemaal nodig hebt. Je moet ook maar even in de schuur kijken.

Mijn opa was altijd druk in de tuin. Ik heb er alleen geen idee van of de spullen nog bruikbaar zijn. En je hebt gelijk, het is hard nodig dat er iets aan gebeurt. Ik ben blij dat jij het wilt doen.'

Hij keek haar aan en knikte.

Na het ontbijt verdween hij in de schuur en tegen de tijd dat ze de ontbijtboel had opgeruimd, somde hij een hele waslijst op met spullen die hij nodig had. Ze knikte bij alles. Om haar tuin te redden, moest ze hem de vrije hand laten en het was duidelijk dat hij op school wel iets had geleerd.

Ze gingen naar het tuincentrum en haalden er van alles en nog wat.

Nicole begon het zelfs leuk te vinden om in de tuin te werken.

Het was ook leuk om te merken dat ze toch niet alles was vergeten van wat er op school aan de orde was gekomen. Dat haar bepaalde handelingen bekend voorkwamen.

Niet alle natuurlijk. 'Je hebt het wel goed bekeken, met die arm,' klaagde ze toen hij haar een stukje liet spitten omdat dat voor hem, met maar één hand, nogal moeilijk was.

'Dat is mijn wraak voor dit gips.' Hij keek het een poosje aan, liep daarna naar haar toe en nam haar de spa uit handen. 'Weet je dat je er onweerstaanbaar uitziet, met die zwarte veeg op je wang?' Hij drukte een kus op het puntje van haar neus en trok haar dicht tegen zich aan. 'In een spijkerbroek beval je me stukken beter, dan in die stijve mantelpakjes van je.' Hij liet zijn vingers door haar haren glijden. 'En over hoe je er uit ziet zonder spijkerbroek, wil ik het nu even niet hebben.'

Ze keek hem in zijn ogen, drukte haar lippen op de zijne en net toen ze van plan was zich helemaal aan hem over te geven - wat kon het haar schelen dat het midden op de dag was en ze zichtbaar voor iedereen in haar tuin stonden - beëindigde hij de kus.

'Dat gaat natuurlijk zo niet,' zei hij wat hees, 'Je denkt toch niet dat ik je zo onder het werk uit laat komen?'

'Het leek me leuk om het te proberen,' zei ze een beetje buiten adem. 'Denk je niet dat we voor vandaag genoeg gedaan hebben?'

'We hebben nog heel veel te doen.' Hij keek haar nog steeds aan en glimlachte. 'Het is in ieder geval tijd om even iets te drinken.'

Dat klonk als een goed idee. 'Ik haal wel. Biertje?'

Hij knikte. 'Blijf niet te lang weg.' Hij keek haar verlangend aan en ze dacht dat ze beter kon blijven, maar ze had behoorlijk dorst. Ze was er dan ook helemaal niet aan gewend, om in de zon in de tuin te werken. Ze was er ook niet aan gewend om zo met een man om te gaan, als ze nu met Ramon deed. Het was nog heerlijker om met hem samen te zijn, dan ze het zich had voorgesteld. Hij scheen toch in staat te zijn om zich te ontspannen bij haar in de buurt. Snel liep ze het huis binnen en haalde twee flesjes bier uit de koelkast. Ze zag dat hij het terras op kwam lopen en ze haastte zich naar hem toe. Ze gaf hem het flesje en ging naast hem op het bankje zitten. Zijn gipsarm sloeg hij om haar heen en hij kuste haar in haar nek. Ze dronk een grote slok, in de hoop dat het haar wat zou afkoelen. Het hielp maar een klein beetje.

Het heerlijke weekend ging veel te snel voorbij en zondagavond begon Ramon een beetje humeurig te doen.

'Wat is er aan de hand?'

'Ik zal je missen morgen,' antwoordde hij na een korte aarzeling, zachtjes.

'Ik kom zo snel mogelijk weer thuis.' Ze omarmde hem. Voor iemand die zich niet wilde binden, deed hij ernstig afhankelijk. Dat beviel haar best.

'Ik voel me nogal nutteloos als jij er niet bent.' Hij maakte zich uit haar armen los en liep een stukje bij haar vandaan.

'Nutteloos?' Ze grinnikte. 'Vind je het nuttig om me te verleiden dan?'

Hij kon er niet om lachen en daar schrok ze een beetje van.

'Ramon? Wat is er?'

'Ik weet niet hoe het verder moet.' Met een zucht ging hij op de bank zitten.

'Met de tuin?' Hij zag er erg verloren uit, van zijn ontspannen houding was niets meer over.

'Met mijn leven.'

Ze ging naast hem zitten. 'Als je aan het werk wilt, zou je je bij een uitzendbureau kunnen melden, of bij het arbeidsbureau. Of bij een tuincentrum ofzo. Je zou naar een hoveniersbedrijf kunnen gaan. Je hebt wonderen met mijn tuin verricht. Er zijn vast meer mensen die daar iemand voor zoeken.'

'Ik weet het niet.' Hij hield zijn gipsarm omhoog. 'Denk je dat ze me hiermee nemen?'

Dat was een sterk argument. 'Dan houd je een poosje vakantie tot je arm weer in orde is,' ze haalde haar schouders op. 'Je zou iets nieuws voor jezelf kunnen kopen. Je kan nog het een en ander aan de tuin doen. Je zou kunnen uitslapen, niets doen.' Ze streelde zijn wang en hoewel hij probeerde haar niet aan te kijken, lukte het haar zijn blik even te vangen. 'Maar ga er alsjeblieft niet vandoor, oké.'

Hij schudde ongelovig zijn hoofd. 'Je bent veel te goed van vertrouwen. Ik zou je alles wat iets voor je betekent, kunnen afnemen en het zou je niets uitmaken.'

'Er is niets dat meer voor me betekent dan jij.' Ze keek hem aan en ze zag dat hij met zijn oog knipperde. Snel wendde hij zijn blik af.

'Ik zou je helemaal kaal kunnen plukken en je zou het niet eens merken,' ging hij verder.

'Dat doe je niet.' Daarvan was ze overtuigd.

Hij schudde zijn hoofd weer. 'Nee, dat doe ik niet, dat wil ik niet. Maar je bent wel een beetje erg naïef.'

Ze haalde haar schouders op. 'Ik heb me tot nu toe aardig kunnen redden. De enige die me tot nu toe echt heeft kunnen bedonderen was George, maar hem heb ik inmiddels ook doorzien.'

'Is George je vriend?' Het was voor het eerst dat hij naar George vroeg. Behalve toen ze hem had verteld dat George de ziekenhuisrekening zou betalen, hadden ze met geen woord over hem gesproken.

'Nee, jij zou hier nu niet zijn, als hij mijn vriend was. George is mijn vriend niet meer. Nooit meer. We hadden een soort van relatie, maar ik heb hem met een andere vrouw betrapt. Twee keer inmiddels. Hij heeft jou in elkaar laten slaan en doet alsof dat de normaalste zaak van de wereld is. Hem kon ik niet vertrouwen.'

'Het spijt me dat hij je pijn heeft kunnen doen.'

'Daar kan jij niets aan doen. Ik betrapte hem op het moment dat ik hem wilde zeggen dat onze relatie afgelopen was. Dat was meteen een stuk makkelijker.'

'Waarom ging je het uitmaken?'

'Omdat ik jou weer had ontmoet en ik wist dat ik nooit echt van hem zou gaan houden.'

'Dat is nog niet zo lang geleden.'

'Dat lijkt het wel. Het was nogal dwaas van me om te denken dat een relatie met George het misschien zou kunnen zijn.'

'Een relatie met mij is stukken beter,' zei hij spottend.

'Ramon, een relatie met jou ís stukken beter.' Ze keek hem aan. 'Ik kan me niet herinneren dat ik me bij George ooit zo prettig heb gevoeld, als ik dit weekend met jou heb gedaan.' Inmiddels begreep ze helemaal niet meer, waarom ze ooit met George samen had willen zijn.

Ramon keek naar haar, nog steeds alsof hij haar niet geloofde, toen wendde hij zijn blik weer af.

'Ik wil het graag zo houden, ik wil heel erg graag bij je zijn. Als ik er aan denk dat je misschien weg blijft, word ik al misselijk. Blijf alsjeblieft. Ik wil graag dat het goed met je gaat en ik zal je helpen waar ik kan. Ik wil graag, dat je bij me bent als het niet zo heel erg goed met je gaat. Probeer me te geloven. Ik wil er graag voor je zijn Ramon. Ik wil ook dat jij er voor mij bent.'

'Nic, ik heb dit al eens eerder meegemaakt.' Hij haalde diep adem. 'Ik heb al eens eerder gedacht dat het zou kunnen lukken. Dat ik op iemand kon vertrouwen, dat ik om iemand kon geven en dat ze zelfs iets om mij gaf. Het was haar werk om me te helpen en ze heeft me ook laten vallen.' Weer maakte hij de afstand tussen hen groter en ze hield hem nu niet tegen. 'Ik geef toe dat ik het haar niet gemakkelijk gemaakt heb, maar ik was bereid mee te werken en toen kwam ze niet meer opdagen. Ze heeft mij laten stikken toen bleek dat het allemaal niet zo eenvoudig was.'

Langzaam begon haar zijn spottende houding, zijn terughoudendheid op sommige momenten en zijn nervositeit duidelijk te worden. 'Heb je van haar gehouden?'

'Dat dacht ik. Ik heb geloofd, dat ze van mij hield. Daar zat ik dus nogal naast. Ik ben daar niet zo goed in.' Hij slikte. 'Iedere keer als ik besluit opnieuw te beginnen, lukt me dat niet. Dan gaat het helemaal mis en daarna is alles nog moeilijker dan het voor die tijd was.'

'Ramon, ik wil je helpen omdat ik om je geef. Ik wil graag bij je zijn, omdat ik om je geef.' Ze slikte, het was voor het eerst dat hij zei dat hij niet tevreden was met zijn situatie. Dat hij, in tegenstelling tot wat hij haar had willen laten geloven, wel een "normaal" leven wilde. Dat hij zelfs geprobeerd had om dat te verwezenlijken. 'Iets moet je voor mij voelen, anders zou je niet zoveel problemen hebben met deze situatie. Geef het niet meteen op. Geef me een kans om je te bewijzen dat ik je echt wil helpen en bij je wil zijn...'

'Dat je nog steeds van me houdt?' ging hij voor haar verder. Hij keek haar aan en alles wat er in zijn ogen te zien was, was verwarring en hoop.

Ze knikte. 'Ik weet niet of je me gelooft, ik denk niet dat je dat doet. Je wilt me ook niet geloven. Het enige wat je wilt is vechten tegen wat je voor mij voelt. Je kunt alleen niet vechten tegen wat ik voor jou voel.' Ze liep naar hem toe en omarmde hem. Een omarming die maar aarzelend werd beantwoord. 'Je zou het risico kunnen nemen en het met me proberen, zoals we hebben besproken. Of je gaat er vandoor en dan verandert er niets voor je. Je weet dan alleen niet, of je niet toch een kans aan je neus voorbij hebt laten gaan.' Oh, wat klonk dat dapper. Als hij weg zou gaan, zou haar leven aan gruzelementen liggen. Daar wilde ze niet aan denken, ze keek hem aan en boog zich dichter naar hem toe om hem te kussen. Vannacht zou ze er voor zorgen dat hij bij haar bleef. Morgen zou ze wel merken, wat hij besloten had te gaan doen. Of hij hun relatie die kans wilde geven.

Hoofdstuk 9

Nicoles eerste gedachten de volgende ochtend gingen naar Ramon. Tot haar opluchting was hij er nog. Hij was er dit keer niet midden in de nacht tussenuit gepiept. Hoewel ze wist dat hij wakker moest zijn - door haar wekker kon onmogelijk iemand heen slapen - bewoog hij zich niet. Ze besloot hem met rust te laten en zich vast aan te kleden en ontbijt te maken.

Dat ontbijt had hij echter al geregeld tegen de tijd dat ze onder de douche vandaan kwam. Hij was in een zwijgzame bui en vermeed elk contact met haar. Hij keek haar ook niet aan.

Ze wist waarom: hij was niet ongevoelig voor wat ze voor hem voelde en in haar ogen zou hij het kunnen zien. Dat zou het moeilijker maken een beslissing tegen hun relatie - en tegen een nieuw leven - te nemen.

'Als je de auto nodig hebt, kan ik naar mijn werk fietsen,' stelde ze voor, ook om van de stilte af te komen.

Heel even keek hij op en schudde zijn hoofd. Hij hield zijn gipsarm omhoog.

'Je hebt gelijk. Dan neem ik de auto.'

Het naar haar werk gaan stelde ze zo lang mogelijk uit, omdat ze ondanks zijn afwijzing toch veel liever bij hem was. Ze overwoog zelfs zich ziek te melden. Dat had ze nog nooit gedaan als ze niet echt ziek was. Ze slikte en stond uiteindelijk op. Te laat komen zou ze toch, maar overdrijven wilde ze het natuurlijk niet. Het loste het probleem ook niet op. 'Ik ga er vandoor. Ik kom vanavond tegen half zes thuis. Ik hoop dat je er dan bent.'

Hij was opgestaan en tot haar verrassing, trok hij haar in zijn armen en drukte haar dicht tegen zich aan. Ze kon voelen hoe hij diep ademhaalde en haar daarna losliet.

Nog snel drukte ze een tedere kus op zijn lippen. 'Tot vanavond dan.'

Hij glimlachte maar zei daarop niets, hij keek haar ook niet echt aan.

Met nu nog meer tegenzin, ging ze naar haar werk. Het was heerlijk geweest zo'n weekend samen. Nu ging het gewone leven weer verder en ze wist niet of ze daar zo'n zin in had. Bovendien maakte ze zich er grote zorgen over of hij thuis zou zijn als ze terugkwam. Hij had niet gezegd dat hij er zou zijn, hij had ook niet gezegd dat hij weg zou gaan. Hij had het met opzet in het midden gelaten, zodat hij kon beslissen en zij moest afwachten. Het was niet erg eerlijk van hem, maar na dat weinige wat hij haar had verteld over zijn leven, wist ze dat hij ook niet erg eerlijk was behandeld tot nu toe. Hij deed het om zichzelf te beschermen.

Ze was enorm nerveus toen ze die avond naar huis ging. Als hij niet thuis was, was hij voorgoed weg en dan had het geen zin om hem weer op te zoeken. Wat haar redenen daarvoor dan ook waren. Dan was het afgelopen en hadden ze geen kans meer het ooit nog te redden.

Ze had hem verteld wat ze voor hem voelde, ze had het hem laten merken en als dat niet genoeg was, zou het nooit genoeg zijn.

Als hij niet thuis was dan zou haar leven aan gruzelementen liggen en ze was ervan overtuigd, het zijne ook.

Op het moment dat ze het tuinhekje openmaakte, rinkelde er glas op de tegels van het terras. Normaal gesproken was dat niet een geluid, waar ze heel erg gelukkig van werd. Tot nu toe had ze het natuurlijk ook nog nooit gehoord bij haar thuiskomst, maar ze voelde zich er wel erg opgelucht door. Ze zette haar tas onder de kapstok en liep naar het terras. Ramon was er echt en meteen sloeg haar hart op hol. Hij stond met een somber gezicht de schade op te nemen.

'Hallo.' Snel liep ze naar hem toe en sloeg ze haar armen om zijn hals.

'Hallo.' Hij kuste haar in haar nek.

Een hele tijd hield ze hem stevig vast. Het voelde gelukkig niet aan alsof ze hem moest dwingen haar ook vast te houden. Toen ze hem uiteindelijk aankeek had ze tranen in haar ogen.

'Niet huilen schat, het was maar een glas.' Hij grijnsde, wat haar duidelijk maakte dat hij best wist, waarom ze tranen in haar ogen had. Hij omarmde haar weer en ze voelde, hoe hij haar haren losmaakte en er zijn hand een paar keer doorheen liet gaan, zodat het over haar schouders golfde.

'Ik heb me er de hele dag zorgen over gemaakt of je er nog zou zijn of niet.' Haar stem trilde.

Hij liet haar iets losser, zodat hij haar kon aankijken. 'Ik heb er over gedacht om te gaan, maar ik kon het niet.' Teder streelde hij haar gezicht. 'Ik geloof niet dat ik nog bij je weg kan. Ik heb het inmiddels een paar keer geprobeerd. Het is niet gelukt. Iedere keer weer moest ik aan je denken. Iedere keer heb ik weer een excuus gevonden om naar je toe te gaan als je me zocht. Ik denk dat ik bereid ben ons een kans te geven, omdat ik me erg prettig voel bij je. Je hebt gelijk dat er tussen ons iets bijzonders aan de hand is. Ik begrijp niet goed, waarom jij dat zo voelt maar ik ben blij dat je mij een kans wilt geven.'

Nu liepen de tranen pas echt over haar wangen en ze kon niets doen om ze te stoppen.

Ramon trok haar weer dicht tegen zich aan. 'Je hebt je er echt veel zorgen om gemaakt hè?' hoorde ze hem in haar haren zeggen.

Ze knikte langzaam en ze voelde hoe hij een keer diep adem

haalde.

'Het spijt me dat ik het allemaal zo moeilijk voor je maak,' fluisterde hij, nadat hij een kusje op haar oor had gedrukt.

'Het geeft niet, ik ben blij dat je er bent,' sprak ze met trillende stem. Ze durfde hem nu toch weer aan te kijken en het was niet meer moeilijk om te glimlachen.

Hoofdstuk 10

Een envelop met een stempel van de tuinbouwschool trok in de stapel post haar aandacht en het was de eerste envelop, die ze opende.

Verbaasd haalde ze de uitnodiging voor een reünie van hun school en hun examenjaar uit de envelop.

'Wat leuk. Over twee weken is er een reünie van school. Hier is de uitnodiging.' Ze gaf Ramon de brief aan. 'Gaan we er heen?' vroeg ze hem enthousiast. Het leek haar erg leuk. 'Dan kunnen we kijken of we er ver naast zaten met onze ideeën over onze klasgenoten.'

'Wil je dat echt?' Hij klonk alsof hij zich slecht kon voorstellen waarom ze zo enthousiast was.

'Ja.'

'Waarom?'

'Ik heb een leuke schooltijd gehad, met leuke mensen. Ik ben gewoon erg nieuwsgierig.'

'Dan ga je toch.' Hij haalde onverschillig zijn schouders op en legde de brief op tafel neer.

'Ik ga alleen maar als jij meekomt.'

'Ik heb niemand iets te bieden daar. Jij kunt met je leven pronken.'

'Zeg dat niet.' Ze liep naar hem toe en sloeg haar armen om hem heen. 'Je hebt mij iets te bieden. Zonder jou is mijn leven niet compleet.' Ze woelde door zijn haren en keek hem aan.

Hij twijfelde zichtbaar. 'Het zou kunnen dat er daar mensen zijn, die weten wat er gebeurd is,' zei hij toen zachtjes.

'Oh.' Dat verbaasde haar. Zij wist nog steeds niet wat er was gebeurd. Alleen dat hij een dochter had en gescheiden was. Maar wat er was gebeurd waardoor hij een behoorlijke deuk in zijn

zelfvertrouwen had opgelopen en hij op straat terecht was gekomen, wist ze niet.

Zouden er echt ex-klasgenoten zijn die meer wisten? Ze onder-
drukte een zucht. 'Tenzij je vindt dat onze relatie niets betekent,
gaat het toch goed met je?' Hoewel ze op het punt stond hem
naar details te vragen, deed ze het niet. Als ze wilde dat hij meeging, moest ze hem niet uit haar leven verjagen. Ramon was er
trouwens de grootste reden voor geweest dat ze het op school zo
leuk gehad had. Ze drukte een kusje op zijn wang. 'Bovendien
gaat het niemand echt iets aan. We kunnen er gewoon een leuk
uitje van maken en als het echt niets is, gaan we meteen na het
eten weer naar huis.' Ze glimlachte naar hem. Inmiddels wist ze
dat haar glimlach overtuigend op hem werkte. Na nog een paar
kleine kusjes wist ze dat hij mee zou gaan. Al was het alleen
maar, om haar een plezier te doen.

De reünie werd gehouden in een hotel vlakbij hun oude school
en er stonden al aardig wat auto's geparkeerd.

Nadat ze waren uitgestapt, kwam hij meteen naar haar toe lopen.
'En? Ben je er klaar voor?'

'Ja, natuurlijk.' Ze keek hem aan en ontdekte weer de onzekerheid in zijn ogen die nog steeds regelmatig voorkwam. Zelf was
ze ook een klein beetje nerveus, hoewel ze niet eens precies wist
waarom. 'En jij?'

'We hoeven niet samen naar binnen te gaan.' Hij raakte haar gezicht aan. 'Als je liever niet met mij gezien...'

'Ramon, stop daarmee!' Ze sloeg haar armen om zijn hals. 'Er is
geen enkele reden voor je om te denken dat ik niet met jou naar
binnen wil.'

'Echt niet?'

'Echt niet.' Helemaal had ze hem duidelijk niet kunnen overtuigen. Ze kuste hem. 'Denk je echt dat ik er zoveel moeite voor doe om jou in mijn leven te houden, om dan niet met je gezien te willen worden?'

Hij haalde zijn schouders op, maar glimlachte toen ook. 'Oké, een punt voor jou.' Hij drukte haar even tegen zich aan. 'Laten we dan maar naar binnen gaan.'

'Ik dacht dat hij je niet meer wilde zien,' zei Kerstin, nadat ze iets te drinken hadden gehaald.

'Dat wilde hij ook niet maar ik kan behoorlijk overtuigend zijn als ik iets wil.' Dat was iets waar ze erg blij om was, omdat hij anders allang weer weg zou zijn geweest. Ze keek naar hem, hij stond met Paul te praten, zijn beste vriend op school. Het leek alsof ze elkaar weer aardig wat te vertellen hadden. Alsof hij wist dat ze naar hem stond te kijken keek hij haar richting op. Er verscheen een glimlach op zijn gezicht, waarvan ze knikkende knieën kreeg.

'Interessant hoe het soms allemaal loopt,' zei Kerstin met een grijns waaruit duidelijk werd dat ze aardig door had hoe ze er aan toe was.

Het bleek dat Ramon en zij de enige waren die nu ook een paar waren, hoewel er altijd redelijk veel stellen waren geweest in hun tienertijd.

Ramon had zich ook voor niets zorgen gemaakt. Voor zover zij het meekreeg wist, behalve Kerstin, niemand dat hij dakloos was geweest. In ieder geval sprak niemand hen er op aan. De meeste vertelden hoe leuk ze het vonden dat ze nog samen waren. Afhankelijk van wie dat zei, lieten ze het daar meestal maar bij.

Toen kwam echter Peter binnen en ze zag Ramon verstarren. Ramon liep meteen bij haar weg en ze kon voelen hoe de sfeer in de zaal veranderde. Ze kon voelen hoe Ramons stemming was veranderd. Peter was, zodra hij binnen was, blijven staan en keek zoekend de zaal rond. Hij kreeg Ramon in het oog en liep recht- streeks op hem af, alsof hij de enige reden voor zijn aanwezig- heid op de reünie was.

'Zo zo, loser,' zei hij zo luid, dat iedereen het moest horen. 'Weer uit dat gat gekropen, waar je je de afgelopen jaren had verstopt?'

Ze zag Ramons ogen opflitsen en ze wist zeker dat ze zich die vijandigheid niet had verbeeld. Dit was waarschijnlijk waarover Ramon zich zorgen had gemaakt. Peter was één van die mensen, die meer wisten.

'Wat is hier aan de hand?' vroeg ze, eigenlijk aan zichzelf maar toen Kerstin antwoord gaf was duidelijk, dat ze het hardop had gevraagd.

'Ramon heeft bij Peters vader in de tuinderij gewerkt.'

Dat had ze niet geweten.

Ze herinnerde zich zijn verjaardag, waar ze het over hun klasge- noten hadden gehad.

"Peter heeft de tuinderij van zijn vader overgenomen en denkt al- leen aan moderniseren en winst maken, zodat er van een levend bedrijf niet veel overblijft. Bovendien houdt hij van vrouwen, die al getrouwd zijn..."

Dat was wat hij over Peter had gezegd. Toen had ze er niet bij stilgestaan dat het waar zou kunnen zijn. Peter, de populairste jongen van school, van hun jaargang. Ze had nooit veel met hem te maken gehad. Hij was niet haar type en zij het zijne ook niet. Daardoor was ze ook niet in aanmerking gekomen voor enige aandacht van hem. Dat had haar nooit echt gestoord. Kerstin was erg verliefd op hem geweest en ze herinnerde zich plotseling dat Peter haar ooit erg gekwetst had. Ze hoorde Kerstin naast haar zuchten, alsof zij zich daar ook net aan herinnerde. Door

Kerstins woorden, had ze niet gehoord wat Peter tegen Ramon had gezegd.

'Laat Anet en Sabine hier buiten!', was echter het antwoord van Ramon hierop.

Van Anet en Sabine wist Peter ook meer. Was Anet één van die getrouwde vrouwen geweest? Nog meer vragen waar ze graag een antwoord op wilde hebben.

Nicole realiseerde zich met een schok dat er maar een kleinigheid hoefde te gebeuren, of Ramon zou met Peter op de vuist gaan. Peter zag er uit alsof hij niets liever wilde.

'Dit gaat niet goed,' hoorde ze Lorraine naast zich zeggen.

Nicole zag dat er al aardig wat mensen de beide mannen in de gaten stonden te houden, maar er was niemand die ingreep.

Ze keek naar Kerstin. 'Kan je Peter niet even gaan begroeten?'

'Ja, natuurlijk,' reageerde ze meteen. 'Ga jij Ramon maar afleiden.'

Snel liepen ze samen naar Ramon en Peter.

'Hallo Peter.' Kerstin wierp haar armen om zijn hals en drukte tot Nicoles verbazing, een kus op zijn mond.

Nicole sloeg een arm om Ramons middel. 'Zullen we iets gaan eten? Ik heb gezien...'

'Nee!' Hij pakte haar arm van zijn middel en duwde deze weg. Ze moest hem weer loslaten. 'Bemoei je er niet mee, oké!'

Even keek hij haar aan en ze schrok van de wanhoop in zijn ogen. Wanhoop dat weer snel door woede werd bedekt, toen hij zijn aandacht op Peter richtte.

Peter was duidelijk ook niet zo erg blij met Kerstins begroeting. Geïrriteerd schoof hij haar aan de kant. Kerstin haalde haar schouders naar Nicole op als verontschuldiging. Nicole dwong zich tot een glimlachje, ze had het in ieder geval geprobeerd.

'Ramon, alsjeblieft.'

Ze raakte zijn arm aan en weer trok hij hem weg. 'Laten we naar huis gaan.'

'Nee, we blijven hier!'

De wanhoop had haar diep geraakt, net als alles wat met Ramon te maken had haar diep raakte. Ook zijn woedende reactie op haar voorstel.

'Oh, hallo Nicole,' sprak Peter haar plotseling aan.

Ze probeerde niet eens naar hem te glimlachen. 'Hallo.'

'Loop je nog steeds achter deze loser aan?' Hij trok zijn wenkbrauwen op terwijl hij haar van top tot teen bekeek. Ramon reageerde daar op door een stap naar voren te doen.

Peter lachte hatelijk. 'Ik kan je garanderen, Nic...' toen hij dat zei, keek hij Ramon uitdagend aan, 'dat je helemaal niets aan die vent hebt en...'

Ramon liet Peter niet uitspreken, 'laat ook Nicole hier buiten!'

Het volgende moment zag ze dat Ramon hem een dreun in zijn gezicht verkocht.

Peter reageerde erg snel en sloeg terug. Hij was in het voordeel, niet alleen omdat hij groter was maar ook omdat Ramon, door zijn gipsarm maar één hand had waarmee hij kon toeslaan. Nicoles hart bonsde wild, ze was echt bang dat de mannen elkaar ongelukkig zouden slaan. Vooral was ze bang om Ramon.

Het duurde toch nog even voor de omstanders reageerden, maar uiteindelijk bemoeiden zich er een paar mannen mee, door hen uit elkaar te trekken. Het kostte veel moeite en er vielen nog een paar rake klappen.

'Ik denk dat dit wel genoeg is,' klonk plotseling de stem van meneer Terhooge naast haar. Op hetzelfde moment kalmeerde iedereen merkbaar.

Meneer Terhooge, was in hun tijd de directeur van de school geweest en blijkbaar had hij die invloed nog steeds. Nicole verwachtte min of meer dat hij straf zou gaan uitdelen. Ze keek naar Ramon. Zijn neus bloedde, in zijn lip zat een snee en boven zijn oog was een behoorlijk bult ontstaan. Ze voelde zich een beetje misselijk worden, maar liep naar hem toe. Paul en Rogier hielden hem nog steeds vast. Het zag er naar uit dat hij niet de geringste aanleiding nodig had, om Peter weer aan te vallen.

Peter bloedde ook en ook hij was nog niet echt rustiger geworden. Er hoefde inderdaad maar dít te gebeuren en ze zouden weer verder gaan.

Ze raakte Ramon niet aan, ze dacht dat hij dat niet erg op prijs zou stellen, maar ze wist ook niet was ze wél moest doen.

'Ik denk dat jullie niet hierheen zijn gekomen om ruzie te zoeken,' sprak meneer Terhooge tot haar opluchting. Hij klonk weer helemaal zoals vroeger. 'Als jullie je niet rustiger gedragen, dan is de politie zó hier,' wendde hij zich van Ramon tot Peter.

'Kom op, Ramon,' Paul klopte Ramon zachtjes op zijn schouder. 'We gaan iets te drinken halen, daar hebben ze vast ook ijs voor je gezicht.'

Heel even keek Ramon haar aan. De blik in zijn ogen maakte haar duidelijk dat hij niet wilde dat ze met hem meeging. Dat hij niet wilde, dat ze iets tegen hem zou zeggen. Hoewel het haar pijn deed, begreep ze dat hij een beetje tijd nodig had.

'Laten wij ook maar iets sterkers pakken,' Kerstin leek de situatie weer aardig door te hebben en sloeg een arm om haar schouders en trok haar mee naar de cocktailbar.

Peter draaide zich om en verliet het gebouw. Nicole was opgelucht dat te zien. Ze was de tranen nabij en ze wist, dat wanneer iemand iets verkeerds zou zeggen, ze in huilen zou uitbarsten. Ze hoopte dat iedereen haar gewoon met rust zou laten. Nadat ze toch maar een alcoholvrije pina colada had besteld ging ze met Kerstin aan een tafeltje zitten.

Langzaam begon het een beetje rustiger te worden. Er werd gepraat over wat er was gebeurd maar gelukkig vroeg niemand haar iets. Dat was maar goed ook, want behalve haar angst voor tranen, had ze ook nog eens helemaal nergens een antwoord op. Ze begreep niet wat er was gebeurd. Waarom het was gebeurd. Kerstin babbelde over van alles en nog wat en het duurde niet lang of er kwamen nog anderen aan het tafeltje zitten. Nicole hoorde maar half wat er werd besproken. Ze zocht nog steeds naar antwoorden, waarvan ze wist dat ze die maar van één persoon kon en wilde krijgen.

Toen ze zijn kant opkeek, langs alle klasgenoten heen die op de muziek van toen aan het dansen waren, ontmoetten zijn ogen de hare. De afstand, die ze eerder tussen hen had gevoeld, die ze in zijn ogen had gezien, was verdwenen en haar hart sprong op van opluchting.

'Ik ga naar Ramon,' verontschuldigde ze zich bij de vrouwen aan het tafeltje terwijl ze opstond. Kerstin glimlachte haar bemoedigend toe.

Ze pakte haar glas van de tafel en liep over de dansvloer naar Ramon. Hij stond op toen hij haar zag aankomen en ze liep in zijn arm.

'Het spijt me, Nic,' hoorde ze hem fluisteren.

Ze schudde haar hoofd, ten teken dat ze nu niets wilde horen omdat de tranen haar nog steeds erg hoog zaten en ze nog even nodig had, om zich te vermannen. Al die tijd hield hij zijn arm om haar heen geslagen, zijn andere arm lag op haar heup. Ze kon zijn hart horen kloppen, het sloeg sneller dan anders een beetje onrustig. Even drukte ze zich dichter tegen hem aan, voor ze dacht dat ze hem aan zou kunnen kijken zonder in tranen uit te barsten.

'Is alles goed met je?' vroeg ze hem een beetje hees, terwijl ze bezorgd zijn gezicht bekeek. Het was bont en blauw maar alleen zijn lip bloedde nog een klein beetje.

Hij probeerde een glimlach. Het lukte hem niet echt goed en het was haar niet helemaal duidelijk, of dat was omdat lachen hem pijn deed of omdat hij op het moment niet echt veel te lachen had. Een echt antwoord was het ook niet, maar ze besloot dat die glimlach iets van "het gaat wel" betekende.

'En je arm?' Er zaten bloedspetters op het gips, verder was niet te zien of het beschadigd was. Maar wat wist zij van gips? 'Zullen we even langs je dokter rijden, om te zien of alles goed is?'

Hij schudde kort zijn hoofd. 'Het gips mag er volgende week af. Er is niets mee gebeurd,' probeerde hij haar gerust te stellen.

Ze keek naar de vingers die uit het gips staken. 'Maar je vingers zijn een beetje dik.'

Onverwacht teder streelde hij haar gezicht. 'Het is gewoon warm, Nic. Het komt met mij wel weer goed. Ik kan wel tegen een stootje.'

Het had natuurlijk geen zin om daar hier over verder te praten. Ze had zoveel vragen aan hem. Vragen die met het gips helemaal niets te maken hadden, maar ze kon ze niet stellen. Vooral niet omdat hij waarschijnlijk niets zou zeggen en zij binnen de kortste keren toch in tranen uit zou barsten.

'Wil je naar huis?' vroeg hij haar zachtjes, alsof hij haar gedachten had kunnen lezen.

Ze knikte. 'Ja, jij niet?'

'Ach.' Hij haalde aarzelend zijn schouders op.

Nicole ontdekte dat Ramon de deur waardoor Peter was verdwenen in de gaten stond te houden. Ze slikte met moeite de zoveelste brok in haar keel weg.

'Wat ga je doen als Peter weer terugkomt? Wil je dat hij weer terugkomt?'

'Dat niet, maar echt storen zal het me ook niet,' zei hij op een onverschillige toon, waaruit haar duidelijk werd dat hij er echt zo over dacht.

'Ik wil nú naar huis.' Ze dronk in één teug haar glas leeg en zette het op een tafeltje. Zij had in ieder geval geen zin om te wachten tot Peter terugkwam. Ramon zou er zo weer op los slaan. 'Ik ga een paar mensen gedag zeggen.' Zonder naar hem te kijken, liep ze van hem weg.

'We gaan naar huis,' vertelde ze het groepje vrouwen waar ze voorheen mee aan tafel had gezeten.

Kerstin knikte begrijpend. 'Dat dachten we al. Is alles goed met Ramon?'

'Hij zegt van wel.' Ze haalde haar schouders op. 'Ik vond het leuk jullie allemaal weer even gezien te hebben.' Ze omarmde haar vroegere vriendinnen. 'Nog een gezellige avond.' Ze liep terug naar Ramon, die al die tijd naar haar had staan kijken. 'We kunnen.' Ze glimlachte naar hem en pakte voorzichtig zijn hand vast. Zijn gezonde hand, nu ook wel wat beschadigd. Ze knikte naar een aantal andere jaargenoten en liep naar buiten. Ramon volgde haar zonder nog tegen iemand iets te zeggen.

Het was een opluchting dat ze zonder Peter te zijn tegengekomen, in de auto stapten. De sfeer was echter erg gespannen en Nicole wist niets oppervlakkigs te zeggen. Ramon zou vermoedelijk pas iets uitleggen, als ze hem onder druk zou zetten en verder was hij toch al niet de spraakzaamste. De auto was ook niet de juiste plaats voor een serieus gesprek. Nicole zette de radio aan en deed een poging met een lied van André Hazes mee te zingen, maar zingen was nu niet datgene waar ze veel zin in had.

'Je kunt me er hier ergens uitzetten,' zei Ramon plotseling, ze waren zo'n beetje midden in de stad. Niet al te ver van waar ze hem de eerste keer had gezien.

'Ik zet je er helemaal nergens uit,' zei ze zachtjes, behoorlijk geschokt door zijn voorstel. 'We gaan naar huis.'

Ramon keek haar kort aan en ze hoorde hem zuchten.

Het was het laatste wat ze tegen elkaar zeiden onderweg en Nicole was alleen al blij dat hij er niet op doorging dat ze hem moest laten uitstappen. Van zin in zingen kon nu helemaal geen sprake meer zijn en tegen de tijd dat ze haar auto op zijn plek zette, was ze bloednerveus voor wat er nog ging komen. En óf er nog iets ging komen.

'Ik hou van je, Ramon.' Het was er uit voor ze er erg in had. Hoewel ze niet echt verwacht had dat hij haar dat terug zou zeggen, was ze teleurgesteld, dat hij helemaal niet reageerde. Dat hij haar niet eens aankeek. Ze slikte een brok in haar keel weg. 'Weet je zeker dat je niet toch nog naar een dokter wilt?' vroeg ze hem nog een keer.

'Ja.' Hij knikte snel terwijl hij bleef zitten waar hij zat. Hij maakte ook nog geen aanstalten om uit te stappen.

Uit het pakje op het dashboard pakte ze een zakdoekje en drukte het voorzichtig tegen zijn lip, die nog steeds een beetje bloedde. Dat beviel haar helemaal niet. 'Kom mee naar binnen, Ramon.'

'Nic...' Hij maakte zijn zin niet af en was duidelijk in tweestrijd, over wat hij zou gaan doen. Teder streek ze een pluk haar uit zijn gezicht.

'Je zult er morgen vreselijk uitzien,' zei ze om de stilte te verbreken, in de hoop ook de spanning kwijt te raken.

Ramon zuchtte diep. 'Maar ik zal het wel overleven. Ik heb het al eens overleefd.'

Ze slikte moeizaam, opgelucht dat hij sprak. 'Toen vonden ze het nodig om je vier dagen in het ziekenhuis te houden.'

'Ik had het nu met Peter aan de stok. Niet met twee kleerkasten van mannen.' Hij draaide zich naar haar toe en streelde zachtjes haar wang. 'Het spijt me dat het zo is gelopen.' Heel even keek hij haar aan toen wendde hij zijn blik weer af.

'Mij ook.' Weer voelde ze de tranen akelig dichtbij komen en ze stapte uit om naar binnen te gaan. Ze was er niet zeker van, of hij mee zou komen, maar ze had hem verteld dat ze dat graag wilde. Ze had hem zelfs gezegd dat ze van hem hield en hoewel ze wist dat dat iets voor hem betekende, was ze er bang voor dat juist dat hem zou verjagen.

Hoofdstuk 11

Tot haar opluchting hoorde ze niet veel later de voordeur open en weer dicht gaan. Ze hoorde hem de trap op lopen en ze liep naar de keuken om koffie te zetten. Het was net acht uur geweest en ze vroeg zich af of ze niet nog iets te eten zou maken, maar eigenlijk had ze niet echt honger, misschien konden ze straks pizza bestellen.

Toen ze Ramon naar beneden hoorde komen, was de koffie klaar en ze schonk twee bekers vol, die ze op de salontafel zette.

'Alles oké?' Ze zat net op de bank, toen hij gedoucht en wel binnenkwam.

'Natuurlijk.' Na een korte aarzeling, ging hij naast haar zitten en pakte de koffie van de tafel.

Hoewel ze wist, dat hij het toch niet zou zeggen als het niet goed met hem ging, slaakte ze een zucht van opluchting. Ze haalde een keer diep adem en ze zag Ramon naast zich een beetje verstijven. Hij wist vermoedelijk best wat er ging komen. 'Wat weet ik nog meer niet wat belangrijk is Ramon?'

Ze was doodsbenauwd voor deze vraag, maar vanavond was gebleken dat Kerstin meer wist dan zij. Peter wist meer dan zij en Peter en Ramon waren duidelijk geen vrienden van elkaar. Peter wist zelfs van Anet en Sabine, maar wat wist hij nog meer?

Ook nu kreeg ze geen antwoord.

'Kerstin vertelde me dat je bij Peters vader hebt gewerkt. Ik voelde me nogal buitengesloten omdat ik dát niet eens wist. Van Kerstin heb ik meer over jouw leven gehoord dan van jou. Inmiddels heb ik een beetje het gevoel dat ik niet echt belangrijk voor je ben.' Haar stem trilde.

'Dat is niet waar Nic.' Hij staarde in zijn koffiebeker 'Je bent erg belangrijk voor me.'

Dat zou haar hebben moeten opluchten maar dat deed het niet. Het verwarde haar juist nog meer. 'Waarom vertel je me dan niets?'

'Mijn leven is een puinhoop.' Hij stond abrupt op. 'Dat is niet iets waar ik graag over praat.'

'Dat weet ik wel.' Ze kon net een snik onderdrukken. 'Maar waarschijnlijk zal ik het kunnen begrijpen, als ik weet waar het tijdens de reünie over ging.'

Ramon schudde zijn hoofd, dronk zijn beker leeg en zette hem terug op tafel.

'Heb je bij Peters vader gewerkt?' vroeg ze, toen het er weer naar uitzag dat hij haar niets zou vertellen. Het brak haar hart omdat ze hem nu toch onder druk moest zetten, maar het ging niet meer anders.

'Ja.'

'Heeft Peter het bedrijf overgenomen?'

'Ja.'

'Toen je daar werkte?'

'Ja.'

'Wat is er gebeurd?'

Geen antwoord.

Ze wachtte een behoorlijke tijd, in de hoop dat het alleen lang duurde, omdat hij naar woorden zocht om zijn gedachten weer op een rijtje te krijgen. Maar zelfs nadat ze haar koffiebeker leeggedronken had, had hij nog geen woord gezegd. Al die tijd had hij onrustig heen en weer gelopen. Ze keek toe hoe hij een sigaret opstak en het ontging haar niet dat zijn hand trilde. Hij zag er vertwijfeld uit en het liefst zou ze hem in haar armen hebben genomen, om hem te zeggen dat het allemaal niet belangrijk was. Dat hij haar niets hoefde te vertellen dat ze evengoed altijd van hem zou houden. Ze wist dat ze altijd van hem zou blijven houden, maar een dag als deze wilde ze niet nog eens meemaken. Ze was er bang voor dat ze dit vaker zouden kunnen hebben, als ze nu niet zouden praten.

'Wat weet hij van Anet en Sabine?' vroeg ze hem zachtjes met krakende stem. Net toen ze dacht, dat deze vraag ook onbeantwoord ging blijven en ze wenste het hem nooit gevraagd te hebben, hoorde ze hem diep adem halen.

'Anet en hij waren goed bevriend,' kwam er zachtjes.

'Hoe goed?' Dit moest ze preciezer weten omdat ze niet meer wilde raden.

'Ze hadden een verhouding,' hij slikte, 'toen we nog getrouwd waren.'

'Dat spijt me.' Hoewel ze het had vermoed, voelde ze zich niet beter nu ze het zeker wist.

Hij haalde zijn schouders op en drukte zijn sigaret uit. 'Zal ik iets te eten maken?'

Blijkbaar dacht hij dat hiermee alle vragen die ze had waren beantwoord, maar het was pas het begin en ze schudde haar hoofd.

'Bestel maar een pizza ofzo. De lijst hangt aan het prikbord in de keuken.'

Hij bleef een moment staan en zijn aarzeling verbaasde haar. Pizza bestellen betekende uitstel van het onvermijdelijke en hij aarzelde? Dat was niets voor hem. 'Ik wil graag een pizza bolognese en een Italiaanse salade. Oh ja en nog zo'n ananastoetje. Heb jij geen zin in pizza?'

Daarop draaide hij zich om en liep naar de keuken.

Ze begreep niets meer van hem. Ze begreep dat hij het met Peter niet goed kon vinden vanwege die verhouding. Peter had haar echter de indruk gegeven dat hij nog andere problemen met Ramon had. Er moest meer zijn voorgevallen.

Niet veel later kwam hij weer terug en wilde haar de menukaart

geven. Ze keek hem aan en zag dat hij met zijn oog knipperde.
'Dat ging snel, heb je al besteld?'

Hij schudde zijn hoofd.

'Oh ja, dat stomme gedoe met die nummers.' Ze glimlachte naar
hem hoewel ze er een beetje van schrok dat hij er doodsbenauwd
uitzag. 'Achter alles wat ze hebben staat een nummer. Eerst moet
je de nummers op de telefoon intypen en als dat gebeurd is, moet
je het adres inspreken.' Ze zuchtte. 'Dat systeem hebben ze nog
niet zo lang. Het is vreselijk, maar zoals je weet is de pizza daar
heerlijk.' Tot vanavond had zij de pizza altijd besteld.

Tijdens haar uitleg had hij nerveus met de bestellijst in zijn handen staan wriemelen, zonder haar aan te kijken. 'Het is niet zo
moeilijk, Ramon.'

Weer knipperde hij met zijn oog. Een paar keer achter elkaar.
'Ramon?' Ze bedacht dat hij wel erg zenuwachtig was. Waarvoor? Het bestellen van pizza?

Plotseling begon haar iets te dagen. Iets wat zijn onzekerheid
duidelijk zou maken. Ze nam hem nog een keer onderzoekend
op. 'Kan je niet lezen?'

Hij smeet de folder van de pizzeria op de tafel en ze zag dat
hij zich om wilde draaien en vermoedelijk van haar weg wilde
vluchten. Snel stond ze op en pakte zijn hand vast.

'Ramon alsjeblieft.' Ze liet zijn hand niet los en hij liep niet verder van haar weg. Ze deed één stap dichter naar hem toe en sloeg
haar armen om hem heen. Met haar wang tegen zijn rug hield ze
hem goed vast. Ze zou even niet verder vragen. Ze kon ook niets
vragen, want ze was behoorlijk geschokt door dit inzicht en ze
vroeg zich af waarom ze er niet eerder op was gekomen. Want
als hij inderdaad niet of slecht kon lezen, zou dat het één en ander verklaren. Ze had hem nog nooit iets zien lezen of schrijven.
Hij was een ster in het onthouden van boodschappenlijstjes en

andere opsommingen, hij keek graag naar het journaal, maar las nooit de krant. Het waren een paar kleine dingetjes, waarvan ze zich nu pas bewust werd.

'Nicole.' Hij pakte haar handen vast en wilde ze van zich los maken. Met angst in haar hart liet ze hem los en wachtte op het moment dat hij bij haar weg zou lopen. Nu zou het toch nog gebeuren.

'Ramon, waarom geef je me geen antwoord, als ik je iets persoonlijks vraag? Je weet dat ik vanavond antwoorden van je verwacht en ik wil graag weten, of je kunt lezen of niet.' Het klonk bozer, dan ze het had willen laten klinken. Het andere alternatief was in tranen uitbarsten en eerlijk gezegd, was ze er blij om dat dat niet gebeurde. Hoewel ze er van overtuigd begon te raken dat het een kwestie van tijd was voor het zover zou zijn. Ze was erg teleurgesteld over hoe de dag was verlopen. Hij noemde haar weer Nicole en dat hij haar niet genoeg had vertrouwd, om dit niet onbelangrijke detail uit zijn leven te vertellen, deed haar vreselijk veel pijn.

Hij had het niet ontkend en ze wist eigenlijk wel zeker dat het waar was.

Hij deed inderdaad meteen een paar stappen bij haar vandaan.

'Ramon?' De wanhoop in haar stem, kon ze niet onderdrukken en ze wist inmiddels niet meer of ze bang, teleurgesteld of boos moest zijn. Het enige waar ze zeker van was, was dat ze van hem hield en dat ze niet wilde dat hij wegging.

'Oké, je hebt de ontdekking van de eeuw gedaan. Ik kan niet lezen. Wat is dat voor een probleem? Waarom moet je daar nu weer over doorzeuren?' snauwde hij, terwijl hij een paar stappen bij haar vandaan deed. 'Er is niets aan de hand. Er zijn wel meer mensen, die niet kunnen lezen.'

'Waarom val je zo tegen me uit als er niets aan de hand is?' Ze probeerde rustig te blijven, hoewel ze zich niet echt beter voelde nu ze het antwoord op haar vraag had.

Hij haalde zijn schouders op. 'Ik weet al jaren dat ik een misluk-keling ben. Jij wilde dat alleen nooit geloven. Nu weet jij het ook.' Die verslagen uitdrukking was weer terug in zijn ogen.

'Ramon.' Hij was nog niet weggelopen en dat verbaasde haar een beetje. 'Je bent geen mislukkeling.'

'Ik kan niet lezen, dát maakt me een mislukkeling. Een loser.' Hij ging met een zucht op de bank zitten. 'Daardoor ben ik op straat terechtgekomen, Nicole. Met de modernisering die Peter doorvoerde, kon ik niet werken. Ik ben een loser en dat zal ik al-tijd blijven. Ik had gedacht dat zelfs jij daar inmiddels wel achter was.' Hij haalde een keer diep adem. 'Ik ga mijn spullen pakken en dan ga ik er vandoor. Ik zal je niet meer lastig vallen.'

Het gevoel van paniek besprong haar weer en ze ging naast hem zitten. 'Nee! Ramon, niet weggaan!'

'Waarom zou ik hier blijven?'

'Omdat je hebt gezegd, dat je ons een kans zou geven.' De ge-dachte daaraan dat hij weg zou gaan kon ze bijna niet verdra-gen. 'Ik wil graag dat je hier blijft.' Ze vroeg zich af of hij het had verstaan, haar stem had nogal schor geklonken. 'Ik vind het prettig dat je hier bent. Ik voel me bij jou op mijn gemak en je weet net zo goed als ik, dat we het samen goed hebben.' Ze wist dat ze alle registers moest opentrekken. Als ze hem nu niet kon overtuigen, dan zou hij binnen een paar minuten uit haar leven zijn verdwenen.

'Maar...'

'Nee,' ze onderbrak hem. 'Of je wel of niet kunt lezen, heeft met mijn gevoelens voor jou niets te maken. Ik ben teleurgesteld dat je het me niet hebt verteld. Dat je denkt dat ik je nu niet meer in mijn leven wil hebben. Maar mijn gevoelens voor jou zijn niet veranderd, zullen ook niet veranderen omdat ik het nu weet. Ik zal altijd van je houden.'

'Op een dag zal het veranderen.' Zijn stem klonk zachtjes en ze kon er in horen dat hij daar echt van overtuigd was.

'Nee, dat zal het niet.' Ze sloeg een arm om zijn schouders en leunde tegen hem aan. 'Dat zal het niet.'

Een tijd lang zaten ze op de bank, beide in hun eigen gedachten verzonken. Voor het eerst werd haar duidelijk waarom hun verkering na de schoolperiode uitging. Hoewel ze naar Amerika was gegaan, was ze er zeker van geweest dat wanneer ze terug zou zijn, ze weer bij elkaar zouden komen. Toen ze hem had gezegd dat ze niet echt uit elkaar hoefden te gaan, dat ze elkaar konden schrijven en bellen, had hij dat rigoureus afgewezen. Ter verzachting had hij er toen achteraan gezegd, dat alles zou veranderen, dat het beter voor haar was als ze vrij was. Ze had niet vrij willen zijn, maar ze had hem er niet van kunnen overtuigen en ze had een beetje gedacht dat hij degene was die vrijheid wilde. Meer omdat ze hem niet in de weg had willen staan, dan uit overtuiging had ze er mee ingestemd.

In Amerika had ze veel heimwee gehad. Vooral naar hem. Ze had hem brieven geschreven, maar toen ze na vier brieven niets van hem had gehoord had ze het opgegeven. Uiteindelijk was het haar aardig gelukt hem te vergeten. Weer terug in Nederland was ze bij zijn ouders langs geweest. Alleen waren die gescheiden en verhuisd en de nieuwe bewoners konden haar niet vertellen waarheen. Vanaf dat moment, was ze vrij geweest. Dat had ze tenminste gedacht.

Ze haalde een keer diep adem en concentreerde zich weer op het heden. 'Je zou kunnen proberen te leren lezen. Ze maken op de televisie reclame voor cursussen voor volwassenen. Het is vast makkelijker voor je als je het kunt,....'

'Oh vast wel,' onderbrak hij haar spottend. 'Denk je niet dat ik op school niet al heb leren lezen?
Ik heb net als iedereen de basisschool gedaan.'
Blijkbaar had hij haar woorden als een aanval opgevat en zoals altijd wanneer hij onzeker werd ging hij in de tegenaanval over. Ze had hem niet willen aanvallen en ze had een beetje spijt van haar woorden, toch moesten ze hier over praten. Het was nu of nooit en voor het nooit was ze bijna nog banger. 'Maar ergens moet er iets mis zijn gegaan dat je het nu niet meer kunt.'
'Ik weet het niet. Ik heb het nooit goed gekund. Op school hebben ze wel geprobeerd er iets van te maken. Na een poosje dachten ze dat ik het wel had gesnapt. Op de tuinbouwschool was het net vol te houden. Ik moest er alleen voor zorgen dat ik alles onthield en zolang we geen schriftelijke overhoring of repetitie hadden ging het best. De leraren dachten dat ik lui was.'
'Waarom heb je tegen niemand gezegd, wat het probleem was?'
Ze kon zich herinneren dat hij niet de ster van de school was en nogal eens problemen met de leraren had. Maar dat had haar nooit erg veel geïnteresseerd dat vond ze wel spannend. Iemand die zich van niemand iets aantrok. Zelf had ze ook zo min moge lijk geleerd, maar zij had zich er gewoon door kunnen slaan, zonder dat ze er erg veel moeite voor had hoeven doen. Een echte rebel was ze nooit geweest, daarvoor ontbrak haar het lef.
'Ik ben liever lui dan dom.'
'En je ouders?'
'Die hadden wel iets anders aan hun hoofd, ze dachten ook dat ik lui was en dat ik dat alleen deed om hen dwars te zitten. Ze waren bezig te scheiden en ik heb van alles geprobeerd om hen dat niet al te makkelijk te maken. Ik kan wel lezen, als ik de tijd heb. Ik heb heel lang nodig om te begrijpen wat er staat en zoveel tijd krijg je bijna nooit.' Hij had weer een sigaret uit het pakje

gehaald, maar hem nog niet opgestoken. Hij draaide zich naar haar toe. 'Jouw eerste brief heb ik gelezen.'

'Mijn eerste brief?' Langzaam drong tot haar door dat hij het niet over één van de brieven had, die ze hem vanuit Amerika had gestuurd. Ze kreeg het warm en koud tegelijk. 'Je bedoelt die brief die ik je op school had geschreven?'

Hij knikte en heel even lichtte zijn ogen op.

'Echt?' Ze stelde vast dat hij het duidelijk leuk vond, dat nu zij degene was die zich niet op haar gemak voelde. 'Ik dacht dat je hem meteen had verbrand. Daar hoopte ik ook op, toen ik me realiseerde wat ik had gedaan. Ik ben er altijd blij om geweest dat je me nooit hebt laten merken wat je ervan vond. Ik ben er erg bang voor geweest dat je me vierkant zou uitlachen. Hoewel het me een beetje verbaasde dat je er ook niets over zei, toen we samen waren.'

'Het heeft een poosje geduurd, voor ik hem had doorgelezen. Een week of twee.' Hij glimlachte zelfs een beetje. 'Ik wist natuurlijk dat het een liefdesbrief was. Je had er zoveel hartjes bij getekend, dat dat wel duidelijk was. Ik was toen al hartstikke verliefd op je en ik wilde weten, wat je me allemaal geschreven had. Ik heb de brief nog heel lang bewaard, ook toen we al van school waren.'

'Wat in die brief stond is nog steeds waar,' zei ze zachtjes, ze waren van het thema afgekomen. Op zich was dat prettig, omdat hij wat was gekalmeerd en niet was weggelopen. Toch wist ze dat zij het niet langer zou uithouden, als ze dit niet echt uitspraken. Als alles wat moeilijk was, gewoon werd genegeerd. Hij keek haar aan en knikte, hij had begrepen dat ze zijn verandering van onderwerp niet accepteerde.

'Geloof je me ook?' Haar stem klonk onzekerder dan ze wilde.

Hij antwoordde niet en er ontsnapte een snik uit haar keel. Ze stond van de bank op en liep naar het raam. Zonder iets te zien staarde ze naar buiten. 'Ramon, wat moet ik nog doen? Wat kan ik nog tegen je zeggen, zodat je me eindelijk gelooft?'

Ook hierop kwam geen antwoord en ze hoorde het klikken van zijn aansteker, ze hoorde hoe hij diep inhaleerde. Ze hoorde dat hij opstond en ze draaide zich weer naar hem toe. In plaats van dat ze hem naar de deur zag lopen, zoals ze had verwacht, liep hij op haar af. Hij trok nog een keer aan zijn sigaret en legde hem in de asbak.

Hij schudde zijn hoofd en weer was die wanhopige blik van eerder die avond terug in zijn ogen. De blik, die haar zo diep geraakt had, die hij probeerde te verbergen. 'Nic...' Hij legde zijn voorhoofd tegen haar schouder.

Ze wist niets anders te doen dan haar handen om zijn achterhoofd leggen en haar vingers in zijn haren te vlechten. Hij zou weggaan, ze kon het voelen aan haar hart dat in stukken begon te breken. Ze hoopte dat het nog zou duren. Dat ze hem nog een poosje vast kon houden. Natuurlijk duurde het niet lang voor hij zijn arm ophief om haar vingers uit elkaar te trekken, zodat ze hem wel los moest laten.

'Ramon, nee!' fluisterde ze, maar hij luisterde niet. Misschien had hij haar niet eens gehoord.

Hij draaide zich om en liep weg. Haar leven uit. Ze wilde hem terugroepen, maar haar stem weigerde. Ze knipperde met haar ogen in de hoop de tranen weg te krijgen. Toen ze de buitendeur dicht hoorde gaan, liet ze zich krachteloos op de grond zakken. De tranen stroomden over haar wangen. Nog nooit eerder in haar leven had ze zich zo vreselijk gevoeld en het duurde een tijdje, voor ze weer in staat was om op te staan. In de gang ontdekte ze dat hij zijn huissleutels op het kastje had achtergelaten.

Hoofdstuk 12

Er waren twee weken voorbij gekropen na die vreselijke avond. Nicole had Ramon niet meer gezien of zelfs maar iets van hem gehoord.

Ze bekeek haar tuin en stelde vast dat ze nodig het gras moest maaien. Het werd te hoog, ook was er hier en daar onkruid te zien. Hoewel er zonder Ramon vermoedelijk niets aan was, nam ze zich voor om de volgende avond als ze uit haar werk kwam eerst het grasveldje maar eens onder handen te nemen. Hij had er hard aan gewerkt dat kon ze niet gewoon weer laten verwaarlozen. Bovendien beviel haar de nieuwe tuin ook erg goed.

Toen ze de volgende avond naar de schuur liep om de grasmaaier te halen, viel haar iets op. Ze moest een paar keer kijken, omdat ze aan haar verstand twijfelde. Het zag er uit alsof het gras pas gemaaid was.

Dat was het ook, ze ontdekte vers gras op de composthoop.

Ramon!

Haar hart sprong op en ze keek om zich heen. Ramon was geweest. Hij had het gras voor haar gemaaid én het onkruid weggehaald. Het kon alleen Ramon geweest zijn. Ze wist dat hij al weg was, toch deed het haar goed dat hij voor de tuin - wat natuurlijk vooral zijn tuin was - nog moeite gedaan had. Er begon weer hoop in haar op te komen, misschien zou hij vaker langskomen voor de tuin.

Zelf had ze nog niet de moed gehad om in de stad naar hem te gaan zoeken, omdat ze niet wist wat ze zou doen als ze hem zou vinden. Ze wilde hem niet op haar knieën smeken terug te komen en ze was er een beetje bang voor, dat ze dat zou gaan doen. Omdat ze hem vreselijk miste en er waren momenten dat ze zich afvroeg, of het inderdaad zo'n probleem was dat hij haar over zijn verleden niets wilde vertellen. Maar ze wist dat het wel erg belangrijk was en was niet langer bereid met de spoken uit zijn verleden vechten en als Ramon haar niets zou vertellen, zou ze dat blijven doen.

Tot haar opluchting en verbazing constateerde ze al snel dat hij bijna iedere dag - behalve in het weekend - langskwam. De tuin zag er al snel weer fantastisch uit. Vaak stond er als ze thuis kwam uit haar werk, een bos bloemen op de tuintafel, of een bordje met aardbeien of bosbessen. Allemaal uit hun tuin.
Na een paar dagen zette ze koffie, broodjes en limonade voor hem neer. Ze wilde niet dat hij verhongerde als hij voor haar hard aan het werk was. Blij constateerde ze iedere avond, dat hij het had opgemaakt en hoewel ze hem nooit zag - ook niet als ze speciaal voor hem eerder thuis was gekomen - ging het een beetje beter met haar. Ze miste hem vreselijk, maar hij was niet helemaal uit haar leven weggebleven.

Omdat Ramon haar had verteld dat hij kon lezen als hij er de tijd voor had, begon ze hem korte briefjes te schrijven.
"Bedankt - Nicole"
Net als vroeger tekende ze een hartje op het puntje van de i.
Zo schreef ze iedere dag iets nieuws. Een paar woorden, niets bijzonders, maar iedere avond was het briefje weg. Na een paar dagen schreef ze hem wat ze hem de hele tijd al had willen schrijven. Waarvan ze niet wilde dat hij dat vergat.
"Ramon, ik hou van je - Nicole" Ze tekende er heel veel hartjes omheen, zodat hij het in ieder geval zou weten. Ook dit briefje was weg en die avond lagen de aardbeien in de vorm van een hart op het bordje. Nooit eerder hadden aardbeien zo goed gesmaakt.

'Hé Nicole.'

Jack, haar buurman, riep haar toe toen ze uit haar auto stapte.

'Hallo.' Ze glimlachte naar de knappe man. Ze had weinig contact met hem en Leo, zijn vriend, hoewel ze al anderhalf jaar buren waren.

'Kan je die lekkere bink van je niet vragen of hij ook iets aan onze tuin kan komen doen?'

'Lekkere bink?' Een moment staarde ze hem aan, toen begreep ze wat hij bedoelde. 'Ramon?' Natuurlijk ging het om Ramon, hoeveel lekkere binken werkten bij haar in de tuin?

Hij knikte. 'Je tuin ligt er fantastisch bij. Daarbij vergeleken is het bij ons maar een armetierige boel.'

'Ik eh, ik weet het niet. Ik zie hem eigenlijk nooit,' stamelde ze, terwijl haar te binnen schoot, dat dat voor Ramon een baan zou betekenen. Als hij dat nog steeds zou willen tenminste.

'Oh, ik dacht dat jullie samenwoonden.' Jack keek haar verbaasd aan.

'Niet meer.' Het lukte haar te doen, alsof dat haar niet zoveel kon schelen.

'Dat spijt me.'

Nicole haalde haar schouders op.

'Hij was er de afgelopen week een paar keer, toen ik thuis was. Denk je, dat hij het erg vindt als ik het hem vraag? Of denk je, dat hij er geen tijd voor heeft?'

'Je zou het hem kunnen vragen, als je hem ziet.' Jack had Ramon gezien en er ging een steek door haar hart, desondanks lukte het haar te glimlachen. 'Ik heb volgende week vakantie, misschien loop ik hem dan wel tegen het lijf en dan zal ik het hem vragen als jij het nog niet gedaan hebt.'

'Dank je.' Jack glimlachte terug en verdween naar zijn eigen huis. Eindelijk.

Het was bijna tien uur, toen Nicole het tuinhekje hoorde dicht-vallen. Haar hart begon wild te kloppen en toen ze uit het raam keek, zag ze inderdaad Ramon naar de achterkant van het huis lopen. Het liefst was ze hem achterna gerend en hem in zijn ar-men gesprongen, maar ze was behoorlijk zenuwachtig. Ze had die nacht amper geslapen, zo nerveus was ze. Het aardbeienhart had haar dan hoop gegeven, Ramon zou er best zijn redenen voor hebben dat hij zich niet meer persoonlijk bij haar had gemeld. Ook maakte ze zich er zorgen over, of ze niet weer te snel ging, maar ze had een week vakantie en ze had gepland die helemaal thuis door te brengen. Mocht het helemaal op een ramp uitlopen, kon ze altijd nog zien dat ze een last-minute-trip naar Verweg-gistan kon boeken om uit te huilen. Ze maakte een kan ijsthee: als het weer net zo warm zou worden als het de afgelopen dagen was geweest, ging dat er best in.

Ze aarzelde nog een poosje. In de spiegel bekeek ze zichzelf kri-tisch.

Of ze het er niet te dik opgelegd had? Ze droeg een heel kort geel zomerjurkje, met kleine bloemetjes. Ramon vond dat geel haar mooi stond. Tegen kort had hij ook nooit iets gehad. Haar haren had ze ook gedaan, ze had ze los willen laten hangen, maar daar was het te warm voor en ze had ze half opgestoken. Het was an-ders, maar het beviel haar zelf ook erg goed. Als ze haar zenuwen maar de baas zou kunnen blijven en ze hem niet voor altijd uit haar leven zou verjagen.

Door de terrasdeur, zag ze hem in de tuin bezig en haar adem stokte in haar keel.

Hij had zijn T-shirt uitgetrokken en aan een tak van de seringen-boom gehangen. Hij was behoorlijk bruin voor iemand die zo blond was als hij. Alsof hij altijd in zijn blote bast in haar tuin rondliep. Bij die gedachte moest ze een paar keer extra slikken en ze dronk een slok van de koude ijsthee. Het gips was van zijn arm en het was niet te zien, dat hij dat ooit gehad had. Hij kon zijn arm weer goed gebruiken. Er liep een straaltje zweet van zijn nek tussen zijn schouderbladen naar beneden. Toen ze dat zag, besloot ze dat het er maar van moest komen. Ze zou het niet langer uithouden, als ze niet naar hem toeging. Ze slikte een paar keer, dronk nog een slok van de ijsthee - wat haar niet echt afkoelde - en bracht het blad met de kan en een glas voor Ramon, naar het terras.

Ramon was net achter de heg verdwenen en hij had haar niet gehoord of gezien. Als zij echter een klein stapje naar rechts deed, kon ze hem wel zien. Met zijn glas ijsthee in haar hand, stond ze naar hem te kijken. Ze kon er bijna geen genoeg van krijgen, maar ze aarzelde ook nog omdat ze bang was voor wat er zou gebeuren, als hij wist, dat ze er was.

'Hallo, lekker stuk,' riep ze hem uiteindelijk toe. 'Wil je iets drinken?'

Blijkbaar had hij er echt geen idee van dat ze thuis was en hem al een poosje in de gaten stond te houden. Wat geschrokken liet hij het boompje dat hij vast had, uit zijn handen vallen.

Ze glimlachte automatisch een beetje opgelucht, ze kon hem nog steeds in verwarring brengen.

Hij draaide zich naar haar toe. 'Nic.' Er gleed een korte glimlach over zijn gezicht.

'Ik heb ijsthee gemaakt.' Haar hart bonkte in haar keel, toen ze het verlangen dat zij voelde in zijn ogen weerspiegeld zag.

'Wil je iets drinken?'

Hij liet het boompje voor wat het was en kwam naar haar toelopen. Geen moment verbraken ze het oogcontact. Ramon pakte het glas van haar aan, maar zette het op tafel zonder er een slok van te hebben gedronken.

'Nic,' hij zei alleen haar naam, terwijl hij zijn handen door haar haren liet gaan. Beide handen, er was geen gips dat hem stoorde. Hij trok haar dichter naar zich toe en kuste haar alsof er voor hem - net als voor haar - niets belangrijker was dan dat.

'Ik heb je gemist,' zei hij zachtjes, hij lag op zijn zij naar haar te kijken.

'Je had alleen maar hoeven blijven.' Ze pakte zijn hand vast en drukte er een kus op. Ze wisten echter dat het zo makkelijk niet was, maar ze negeerden dat nog een beetje. Het was heerlijk om weer bij elkaar te zijn.

Hij knikte. 'Het was nog niet de juiste tijd.'

Voor ze hem had kunnen vragen wat hij daarmee bedoelde, trok hij haar weer in zijn armen. Het was niet belangrijk wat hij bedoeld had, als hij haar nu maar vasthield.

Natuurlijk kwam het moment, dat ze de hele dag al uit de weg gingen, toch. Want hoewel ze vreselijk veel van hem hield, zou ze hem niet laten blijven, als hij niet echt bereid was haar te vertellen wat belangrijk was. Hij wist dat en toch merkte ze dat ze het zelf ook probeerde uit te stellen. Ze wilde niet dat hij weer weg zou lopen. Eerst hadden ze de halve dag in bed doorgebracht, daarna hadden ze samen het avondeten gekookt, terwijl ze alleen maar over minder zware dingen spraken. Inmiddels was de afwas gedaan en was het buiten een paar graden afgekoeld. Met een glas koude witte wijn, zaten ze op het terras.

'Hoe ben je aan je diploma gekomen?' Het uur van de waarheid was aangebroken.

Ramon slikte. 'Hele goede mondelinge- en praktijkexamens.' Hij dronk een slok wijn en zette het glas daarna op tafel. 'Van het schriftelijke deel heb ik niet zoveel gebakken. Er was niet genoeg tijd om het te ontcijferen. Maar wat ik van de multiple-choicevragen beantwoord had, was goed. Terhooge riep me bij zich, omdat ik net niet genoeg punten had om te slagen en na overleg - ik geloof zelfs met het Ministerie van Onderwijs - kon ik in Biologie en Engels herexamen doen. Mondeling. Toen had ik precies genoeg punten bij elkaar om mijn diploma te mogen krijgen.'

Zwijgend luisterde Nicole naar zijn verhaal. Tijdens de diplomauitreiking waren ze nog samen geweest. Hun laatste avond, want zij zou de volgende dag voor een jaar naar Amerika vertrekken. Dat hij maar net was geslaagd - dat hij zelfs herexamen had gedaan - had ze niet eens geweten. Het deed haar pijn om te ontdekken, dat hij zich toen al had verstopt en dat zij dat niet had gemerkt was onbegrijpelijk. Wel werd haar duidelijk dat hij echt buitengewoon intelligent was als hij zonder te kunnen lezen alles wat er op school was verteld, had kunnen onthouden. Dat moest hij toch zelf ook inzien?

'Terhooge heeft me zijn verontschuldigingen aangeboden dat ze pas tijdens het examen hadden gemerkt wat er aan de hand was.' Hij grinnikte. 'Na wat er op de reünie gebeurd is, heeft hij daar vast spijt van.'

Dat hij kon lachen over wat er op de reünie was gebeurd, verwarde haar een beetje. Het was de ergste avond uit haar leven geweest.

'Ik ging bij de vader van Peter in de tuinderij werken.' Hij stak een sigaret op. 'Peter leerde verder en ik had nooit veel met hem te maken. Ik leerde Anet kennen en ze werd zwanger. Onze ouders vonden dat we moesten trouwen en hoewel we allebei onze twijfels hadden of het zou werken, besloten we dat te doen. We dachten ook dat het voor de baby beter zou zijn. Mijn schoonouders hadden een groot huis met meerdere appartementen en daar gingen we wonen. In het begin was het allemaal niet zo heel erg vervelend. We konden het best met elkaar vinden en nadat Sabine was geboren, hadden we het vooral met haar erg druk. Anet bleef een poosje thuis en toen ze ging werken, konden we het vrij goed regelen met onze werktijden. Sabine was een engeltje.' Hij haalde zijn schouders op, 'dat is ze vast nog steeds.' Er verscheen een heerlijke glimlach op zijn gezicht.

Natuurlijk was Sabine een engeltje, ze was zijn dochter, dacht Nicole, blij hem te zien glimlachen.

'Op een gegeven moment stierf mijn baas,' ging hij ineens verder. 'Peter kwam thuis om de boel te runnen.' De zachtheid in zijn stem was op slag verdwenen, net als de glimlach. 'Op school hadden Peter en ik nooit veel contact met elkaar gehad en tot dan toe had hij me op de tuinderij altijd genegeerd. Hij had echter hele andere plannen dan zijn vader en we waren het de meeste tijd niet met elkaar eens. Peter kon ook niet accepteren dat zijn vader me een klein stuk land had nagelaten. Dat kan ik me ook wel voorstellen. Maar met zijn vader had ik altijd een hele goede band. Hij wist dat ik niet kon lezen en heeft me altijd geholpen. Met hem kon ik beter overweg, dan met mijn eigen vader.' Ramon stond op, liep een keer naar de schuur, kwam terug, dronk een slok van zijn wijn en ging weer zitten. 'Peter installeerde een computersysteem. Daar kon ik niet mee werken en het duurde niet lang voor hij ontdekte dat ik niet kon lezen. Tot mijn verbazing ontsloeg hij me niet. Ik was dan ook makkelijk voor de rottige klusjes. Hij ontsloeg me zelfs niet nadat ik een hele dure fout had gemaakt.' Hij slikte. 'Om dat goed te maken heb ik hem dat stuk land teruggegeven,' zei hij met een diepe zucht. 'Tussen Anet en mij ging het niet meer zo goed en ik ontdekte, dat ze een verhouding had met Peter. Peter vertelde haar van mijn probleem. De fout die ik had gemaakt en dat ik het stuk land daardoor alweer kwijt was. Toen ontsloeg hij me waar Anet en Sabine bij waren. Peter had dat nogal achterbaks aangepakt en ik was zo van slag en boos, dat we gevochten hebben. Sabine was nog heel erg klein maar ze raakte erg over haar toeren. Anet gaf mij daar natuurlijk de schuld van. Peter kon daar natuurlijk niets aan doen. Misschien was het mijn schuld en had ik me beter moeten beheersen.' Hij haalde zijn schouders op. 'Ik wilde Sabine niet verliezen en heb geprobeerd met Anet te praten, maar ze wilde niet langer met een mislukkeling als ik samen zijn: ze wilde scheiden. Peter klaagde me aan vanwege de fout. Hij won de rechtszaak en ik moest hem het geld teruggeven.' Een moment staarde hij stil voor zich uit. 'Anet wilde niet, dat ik Sabine nog zou zien en ik begon een rechtszaak omdat ik niets meer te verliezen had en ik in ieder geval een kleine rol in het leven van mijn dochter wilde blijven spelen. Gelukkig zag de rechter niet in waarom ze mij het recht Sabine te mogen zien zou ontzeggen en er kwam een bezoekregeling. Ik vond een kleine flat en ging een nieuwe baan zoeken. Ik vond echter niets en ontdekte, dat Peter druk bezig geweest was om mij, bij alle mogelijke tuinderijen en andere bedrijven waarvan hij dacht dat ik ging proberen een baan te krijgen, in een kwaad daglicht te stellen. Zijn naam - en die van zijn vader - waren natuurlijk erg goed en ze geloofden hem allemaal. Ik probeerde Sabine iedere week te zien, maar Anet maakte me dat samen met Peter en haar ouders, erg moeilijk. Ik moest Peter terugbetalen, alimentatie voor Anet en Sabine - hoewel ik dat voor Sabine graag doe -, de huur van mijn flat en ik bleek erg weinig kans op werk te hebben. Het contact met mijn ouders was altijd al wat moeilijk en nadat ze gehoord hadden wat er was gebeurd, lieten ze me helemaal vallen.' Hij zuchtte diep. 'Van mijn uitkering bleef niets over en uiteindelijk moest ik mijn flat uit.' Hij stak een nieuwe sigaret op. 'Op een gegeven moment besloot ik dat iedereen beter af was als ik inderdaad uit de buurt bleef.' Een tijdje bleef hij stil. 'Dit was de korte beknopte versie.' Hij pakte zijn glas en dronk het in één keer leeg. 'De hele pijnlijke details, heb ik ons bespaard.' Hij knipperde met zijn oog.

Ze glimlachte naar hem en ze was blij, dat het haar lukte haar tranen tegen te houden toen ze knikte. 'Dank je dat je het me hebt verteld.' Ze stak haar hand naar hem uit en na een korte aarzeling pakte hij hem aan. 'Ik wil nog graag twee dingen weten.' Ze slikte, maar tot haar opluchting zag ze hem knikken. 'Zijn Peter en Anet nog bij elkaar?'

Hij antwoordde zonder te aarzelen. 'Ik geloof het niet, maar ik ben ook niet helemaal zeker. Ik weet dat ze een kind met Peter heeft, maar ik heb nooit gehoord of ze zijn getrouwd.'

Hij keek haar aan en het was duidelijk dat hij op de andere vraag wachtte. Dat gaf haar een beetje moed, want dat was de moeilijkere vraag. 'Krijgen Peter en Anet nog geld van je?'

Hij wachtte een moment voor hij antwoordde, toen knikte hij. 'Ja.' Het was duidelijk moeilijk voor hem om dat toe te geven. 'Peter krijgt iedere maand een bepaald bedrag. Tenminste, als ik het heb. Ik kan hem niets geven, als ik niets heb. Maar ik probeer zoveel mogelijk van deze schuld kwijt te raken. Anet krijgt voor Sabine geld, zodra ik iets over heb. Sabine gaat voor.'

'Niet boos worden, als ik je dit voorstel.' Ze drukte een kus op zijn hand en hij trok zijn wenkbrauwen op. 'Als je me vertelt wat je per maand aan Peter moet betalen, kan ik dat voor je doen.'

'Nic,' protesteerde hij meteen. 'Het is...'

'Ramon, alsjeblieft,' onderbrak zij hem weer. 'Omdat ik bijna geen kosten heb aan dit huis, heb ik wat kunnen sparen. Je zou het kunnen zien, als betaling voor je werk in de tuin. Bij Jack krijg je vast ook geld. Peter heeft nog veel te veel macht over je en dat gaat pas over, als je niets meer met hem te maken hebt. Als dat met dat geld geregeld is, kan je pas echt opnieuw beginnen. Kunnen wij pas echt opnieuw beginnen.'

Hij zuchtte diep. 'Ik zal er over nadenken.'

'Oké.' Ze stond op en ging bij hem op schoot zitten. 'Ik hou van je, Ramon.' Er klonken plotseling toch tranen in haar stem door. 'Nic,' fluisterde hij, alsof hij dat erg slecht kon geloven. Hij veegde de tranen van haar gezicht, terwijl bij hem inmiddels ook de tranen over zijn wangen liepen.

'Ik hou van je,' zei ze weer. Hij moest het weten en hij moest haar geloven. Hij moest geloven dat ze, nu ze wist wat er gebeurd was, nog steeds van hem hield. Dat het één niets met het ander te maken had.

Hij trok haar gezicht naar het zijne en kuste haar alsof zijn leven ervan afhing.

Hoofdstuk 13

'Nic?'

Ze hoorde Ramon al opgewonden roepen voor hij het tuinpad opgelopen was. 'Nic?'

Het klonk niet alsof er iets ernstigs aan de hand was. Hij leek juist erg blij te zijn. Ze had er geen idee van waar hij heen geweest was, maar ze vond het fijn dat hij terug was en dat hij zo blij was. Snel liep ze de trap af.

'Nic?' Hij riep haar weer en ze hoorde de voordeur achter hem dichtvallen.

Toen ze hem zag sloeg haar hart op hol. Hij zag er vreselijk goed uit. Hij had zijn lange haar afgeknipt en droeg een groen hemd, maar het opvallendste was dat zijn ogen straalden. Ze waren groener dan ooit tevoren.

Ze liep naar hem toe en hij trok haar in zijn armen. Hij drukte haar zo dicht tegen zich aan dat ze dacht dat hij haar fijn zou knijpen.

'Schat, is alles goed met je?' vroeg ze hem lachend, toen hij haar een beetje losser liet.

'Oh ja.' Hij kuste haar en hield haar daarna een papiertje voor haar gezicht. Hij hield het zo dichtbij dat ze er niets van kon zien en ze pakte het van hem af.

Een moment begreep ze niet waar het om ging, maar toen realiseerde ze zich dat hij theorie-examen had gedaan en dat hij het had gehaald. Dat betekende dat hij echt geen rijbewijs had. Hij had een keer gezegd dat hij geen rijbewijs had en toen had ze gedacht dat hij het had verloren. Hij had zijn gebroken arm als excuus gebruikt, om niet te hoeven rijden. En toen hij geen gips meer had was ze er al zo aan gewend dat zij altijd reed dat dat na zijn terugkomst niet was veranderd.

'Ik kan over twee weken rijexamen doen,' sprak hij snel.

Het drong al snel tot haar door, dat dit erg belangrijk voor hem was en ze voelde zich helemaal warm worden van blijdschap. Ze kreeg het gevoel dat ze al net zo begon te stralen als hij en ze sloeg haar armen om zijn nek. 'Schat, ik ben trots op je.' Er sprongen tranen in haar ogen.

'Ik ook,' gaf hij toe. 'Ik ben hier zo blij mee.'

Dat was duidelijk en ze deed een stapje van hem weg, om hem aan te kunnen kijken.

'Zijn dat tranen, omdat je er ook blij om bent?' Teder veegde hij ze weg.

'Ja natuurlijk.' Ze glimlachte en op dat moment schoot haar iets te binnen. 'Is dit,' ze wapperde even met het papiertje, 'het juiste tijdstip?'

'Ja.' Hij tilde haar van de grond. 'Vandaag zou ik zijn gebleven.'

'Toch ben ik blij dat je al eerder terug in mijn leven gekomen bent.'

'Ik ook. Maar nu ben ik nog veel blijer. Ik ben niet zo waardeloos als ik altijd dacht. Ik kan best iets leren.'

Dat hij er nu ook zo over dacht, maakte haar erg gelukkig.

Het werd al snel duidelijk dat, nu de horde theorie-examen genomen was, Ramon plannen begon te maken voor zijn leven. Echte plannen en geen halfslachtige pogingen, omdat dat haar gelukkig zou maken.

Nicole was erg blij dat te merken, vooral was ze echter ook blij dat het zijn zelfvertrouwen goed gedaan had. Ook tegenover haar. Zijn lezen en schrijven ging langzaam vooruit, maar hij durfde haar om hulp te vragen als er iets was wat hij niet begreep. Hoewel hij er vreselijk tegenop had gezien om hen weer te ontmoeten, voelde hij zich inmiddels aardig op zijn gemak bij haar familie en hij ging eigenlijk niet veel meer uit de weg.

Behalve zijn dochter. Nicole had hem naar haar gevraagd en hij had een beetje verteld, over de tijd dat ze nog een baby was. Het was duidelijk, dat hij haar erg miste.

'Je kunt haar toch eens opzoeken?' stelde ze voor. 'Je had het recht gekregen haar te zien.'

'Nog niet. Daar is het nog te vroeg voor.' Hij schudde zijn hoofd, terwijl hij de enige foto die hij van Sabine had wegstopte. 'Maar ik denk dat ik wel even naar haar school kan gaan om haar te zien.' Hij keek haar aan, alsof hij daarvoor haar toestemming nodig had. 'Ik zal haar niet aanspreken. Ik wil haar gewoon even zien.'

'Dat kan je doen,' stemde ze met zijn voorstel in, verbaasd over de verontschuldigende manier waarop hij sprak.

'Dan ga ik meteen.' Het leek, alsof die beslissing heel erg zwaar voor hem was geweest en dat hij bang was, dat wanneer hij nu niet meteen zou gaan, hij het ook niet meer zou doen. 'Misschien herken ik haar niet eens als ik haar zie.' Hij haalde een keer diep adem, nadat hij op de klok gekeken had.

'Natuurlijk herken je haar.' Nicole liep naar hem toe. 'Niet bang zijn schat.' Ze streelde zijn gezicht, hij keek zorgelijk maar ze dacht niet dat hij zich ergens echt zorgen om hoefde te maken.

'Ga je met me mee?'

'Ja, natuurlijk. Als je dat wilt.' Ze was een beetje verbaasd om zijn aarzelende vraag. Want hoewel het stukken beter ging en ze dacht dat hij haar een beetje begon te vertrouwen, regelde hij nog steeds het liefst alles alleen. Er waren momenten dat hij duidelijk liet merken, dat hij het allemaal alleen af kon en zij zich nergens mee moest bemoeien.

Het was onmogelijk het meisje niet te herkennen. Nicole zag haar meteen, zonder dat Ramon haar hoefde aan te wijzen. Ze lachte naar een vriendinnetje en het was precies Ramons glimlach. Ze zag er inderdaad uit als een engeltje zoals ze daar stond. Haar lange blonde haren glansden in het zonlicht, haar ogen straalden. Het meisje keek hun richting op en op het moment dat ze Ramon ontdekte, bleef ze staan.

'Papa!' Aan de beweging van haar lippen was te zien dat ze dat zei. Naast haar hoorde Nicole Ramon een keer diep adem halen. Hoewel hij dat niet van plan was geweest, begon hij naar het meisje toe te lopen. Sabine bleef naar hem staan kijken met een nog stralendere glimlach op haar gezicht.

Nicole was een beetje verbaasd over het gevoel van spijt dat plotseling in haar opborrelde. Spijt, dat ze geen kinderen had? Dat had ze nog nooit eerder gevoeld, maar nu ze naar dit mooie meisje keek - de dochter van de man waarvan ze hield - kreeg ze een brok in haar keel.

'Sabine!'

Een ongeduldige vrouwenstem verstoorde haar nogal verwarrende gedachten en ze richtte haar aandacht op de vrouw, die bij die stem hoorde. Anet. De ex-vrouw van Ramon.

Ze was anders dan ze had gedacht. Gewoner, niet onaardig om te zien, maar een hele gewone donkerblonde vrouw, in spijkerbroek en een donkerblauw T-shirt. Niet de gemene vamp die ze zich had voorgesteld. Ze was nu echter duidelijk geïrriteerd.

'Sabine, kom onmiddellijk hier!'

Het meisje schrok nogal, draaide zich om en begon gehaast naar haar moeder te lopen.

'Anet wacht!' riep Ramon zijn ex-vrouw toe. Maar Anet keek alleen heel kort zijn kant op en duwde het meisje in de auto. Ze rende om de auto heen en stapte in. Voor Ramon bij de auto was aangekomen, reed ze met piepende banden weg.

Hij bleef verslagen de auto staan nakijken. Er was geen twijfel over mogelijk dat Anet niet wilde dat Ramon zijn dochter zag.

Zij had nog wel echt gedacht dat hij geen reden zou hebben om zich zorgen te maken. Dat Anet best zou inzien dat het voor het meisje goed was als Ramon een rol in haar leven speelde.

'Nic, ga naar huis. Ik kom straks.' Hij liep zonder haar aan te kijken van haar weg. Het was duidelijk, dat hij alleen wilde zijn.

Hoewel ze graag wilde dat ze iets voor hem kon doen dat ze bij hem kon zijn als hij het moeilijk had, besloot ze naar huis te rijden. Naar huis om te wachten tot hij zou komen. Aan de mogelijkheid dat hij niet terug zou komen, wilde ze liever niet denken. Aan de mogelijkheid, dat hij thuis zou komen om haar de schuld van dit alles te geven wilde ze ook niet denken, maar die gedachten kon ze moeilijk onderdrukken.

Ze was er echt zeker van geweest dat Anet niet moeilijk zou doen en daarvan had ze hem ook geprobeerd te overtuigen. Het was duidelijk dat zij een hele andere kijk op het leven had dan hij. Vermoedelijk was ze inderdaad naïever dan goed voor haar, maar vooral voor hem, was.

Ze was er blij om dat hij twee uur later dan zij weer terug was. Hij glimlachte naar haar en zei helemaal niets over wat er op het schoolplein was voorgevallen. Hij beschuldigde haar echter nergens van.

'Is alles goed met je?' vroeg ze hem uiteindelijk voorzichtig.

'Natuurlijk.' Hij haalde zijn schouders op. 'Het is gelopen zoals ik het me had voorgesteld. Ik had me er op voorbereid dat wanneer Anet mij zou zien, ik Sabine wel kon vergeten. Laten we het maar helemaal vergeten.' Hij glimlachte nogal gemaakt naar haar en trok haar in zijn armen, dicht tegen zich aan.

Nicole wist best, dat dat niet was omdat hij daar zo naar verlangde, meer omdat hij haar aandacht op iets anders wilde richten. Ze vond het niet prettig dat het hem lukte. Zoals het hem altijd lukte om op die manier van onderwerp te veranderen.

Hoofdstuk 14

Het duurde een paar dagen voor ze weer over Sabine durfde te beginnen. Ramon had met geen woord meer over haar gesproken. Hij had überhaupt weinig gesproken de laatste dagen en ze was er een beetje bang voor dat ze weer terug waren bij af.

'Ramon, heb je het echt opgegeven Sabine weer te zien?'

'Nee, nog niet helemaal.' Hij zuchtte diep. 'Ik weet alleen niet, hoe ik het ga aanpakken. Ik denk niet dat ik al zover ben.'

'Je zou Anet kunnen bellen om een afspraak te maken,' stelde ze voor, terwijl ze niet op zijn laatste opmerking inging. Als hij nu nog niet zover was, wanneer dan wel?

Ze wist zeker dat Sabine van hem zou houden als hij gewoon zichzelf was, als hij van haar hield. Voor een kind was alleen dat belangrijk. Niet hoe hoog hij op de maatschappelijke ladder stond. 'Een spontane actie is waarschijnlijk niet zo'n goed idee. Maar misschien kunnen jullie die bezoekregeling weer op gang krijgen. Sabine is jouw dochter, Ramon.'

Ramon haalde een keer diep adem en knikte langzaam. 'Ik zal haar vanmiddag opbellen.'

'Heb je Anet gebeld?' vroeg ze hem later, toen ze zag dat hij de telefoon neerlegde.

'Ze heeft meteen opgehangen.' Hij haalde zijn schouders op, maar het was duidelijk dat het hem wel degelijk geraakt had. 'Ik zal straks wel iets te eten voor ons maken.' Hij liep van haar weg, de keuken in.

Het kostte haar maar een seconde om te beslissen dat ze het zou doen. Ze liep naar de telefoon en drukte op de herhalingstoets, niet veel later klonk er een vrouwenstem aan de andere kant van de lijn.

Nerveus stelde ze zich voor als de vriendin van Ramon en meteen daarop vroeg ze of het mogelijk was, dat Ramon zijn dochter af en toe zou kunnen zien.

'Ik geloof niet dat dat een goed idee is,' was het antwoord dat ze daarop kreeg.

'Waarom niet?'

'Ik begrijp niet waar jij je mee bemoeit,' klonk het daarop nogal uit de hoogte. 'Sabine wil Ramon helemaal niet zien.'

'Ik was er vorige week bij op school. Hij wilde haar alleen even zien en had niet verwacht dat ze hem meteen zou herkennen. Sabine wil Ramon wel zien. Ze kent hem nog, ze beschouwt hem als papa. Waarom geef je ze geen kans. Jij hoeft toch niets met Ramon te maken te hebben?'

Een hele tijd was het stil, Anet had echter ook niet opgehangen. 'Denk je niet dat Sabine inmiddels oud genoeg is om zelf een beetje mee te beslissen?' ging ze dus maar door, voor alsnog de verbinding zou worden verbroken.

'Ze is pas zes.'

'Maar ze had Ramon al zo lang niet gezien en toch heeft ze hem meteen herkend. Anet, hij mist haar vreselijk. Geef hem een kans. Wat er tussen jullie mis is gegaan, is niet Sabines schuld. Het kan volgens mij nooit zo erg zijn geweest dat je hem zijn rechten als vader kan ontzeggen.' Toen ze uit het raam keek, zag ze hem met hout in de weer. Hij ging openhaardhout hakken dat deed hij vaker als hij boos of teleurgesteld was. Ze zouden de komende winter niet in de kou zitten.

'Ik begrijp niet, waarom hij haar nu plotseling wil zien. Hij heeft al die jaren niets van zich laten horen. Hij is gewoon verdwenen...'

Nicole was een beetje verbaasd om gekwetstheid in de stem van Anet te horen en ze besloot om Anet niet ergens de schuld van te geven. Hoewel ze dat het liefst wilde doen en ook eerlijk gezegd had voorgenomen te doen als ze haar ooit te spreken zou krijgen. Als zij en Peter het hem niet zo moeilijk gemaakt zouden hebben, was hij vast niet uit het leven van zijn dochter verdwenen.

'Heeft hij je gevraagd mij te bellen?'

'Nee, dat is mijn idee.' De kans was vrij groot, dat hij nooit meer met haar zou praten. 'Maar hij wil Sabine zien. Dat je niet denkt, dat ook dat mijn idee is.' Ze slikte. 'Ramon heeft een moeilijke tijd achter de rug, maar hij komt er weer aardig bovenop. Hij zou het fijn vinden, om zijn dochter in zijn leven te hebben.'

'Sabine heeft me vorige week gevraagd, of ze hem kon zien. Wanneer hij haar komt bezoeken.'

Dat was niet wat Nicole had verwacht van Anet te horen. 'Het hoeft niet lang te zijn. Je kunt er natuurlijk ook bij zijn als je wilt.'

'Ben jij er dan bij?' vroeg Anet.

Ze wist het niet zeker, maar de vraag had geklonken alsof Anet dat graag wilde. 'Ja.'

'Als Sabine wil, dan kunnen jullie zaterdag misschien een uurtje komen. Hier in de buurt is een ijssalon. Ik zal het met Sabine en mijn man bespreken.'

'Is Peter jouw man?' Als dat zo was, zou het toch nog mis gaan.

'Nee.' Ze hoorde Anet zuchten en Nicole voelde zich behoorlijk opgelucht.

De rest was alleen maar formaliteit.

Het was haar gelukt en het was niet eens al te moeilijk gegaan.

'Ramon!' Ze rende naar hem toe in de tuin. 'Lieverd, ik heb goed nieuws.' Ze sloeg haar armen om zijn hals. 'Ik heb net Anet gesproken...'

'Wát heb je gedaan?' Met een woest gebaar, sloeg hij haar armen van hem weg.

'Ik heb met Anet gesproken. We kunnen zaterdag Sabine bij haar ophalen, voor een uurtje, om een ijsje te gaan eten.'

'Waarom bemoei je je voortdurend met mijn leven? Waarom Nicole?'

'Ik wil graag dat je Sabine weer kunt zien. Ik wil je alleen maar helpen.' Ze keek hem aan en ze schrok van de enorme woede in zijn ogen. Van de afstand die er plotseling tussen hen was. Ze had hem vaker boos gezien, ze had vaker meegemaakt dat hij boos op haar was. Maar nooit zoals nu.

Ze begreep niet, waarom hij zo reageerde. Ze begreep het niet, maar ze had geweten dat hij dat zou doen. Ze was er al die tijd bang voor geweest en toch had ze niets anders kunnen doen dan Anet bellen. Dat het gesprek met zijn ex-vrouw positief was verlopen, veranderde niets aan het feit dat hij niet wilde dat zij zich met zijn leven bemoeide. Dat was ze heel even vergeten.

'Nu ben je echt te ver gegaan.' Hij draaide zich om en liep bij haar weg.

'Hoe gaat het nu met Sabine verder? Ramon?' Ze deed een halve poging hem terug te roepen. Ze wist best dat het niet zou helpen. Hij antwoordde dan ook niet en verdween de tuin uit, het hekje met een rotklap achter zich dicht trekkend.

Nicole liet zich op de schommelbank vallen en het duurde niet lang voor de tranen haar over haar wangen liepen. Wat ze ook probeerde, ze kon ze niet tegenhouden. Ramon was nu toch weggelopen en de kans was erg groot dat ze hem nooit meer terug zou zien. Hij wist waar hij heen kon. Hij wist hoe het was, zonder dak boven zijn hoofd en dat zou geen reden voor hem zijn om naar haar terug te komen. Dit keer zou hij de tuin vast ook niet meer komen doen. Dit keer was het vast en zeker echt afgelopen.

Ze had hem toch alleen maar willen helpen? Ze wilde dat hij gelukkig was. Ze was ervan overtuigd, dat hij dat pas weer echt kon zijn, met zijn dochter in zijn leven. Ze had echt gedacht dat het beter met hem ging, dat het beter met hén ging. Ze had gehoopt dat het eindelijk goed zat tussen hen. Nu hij een paar tuinen bij te houden had, nu hij het lezen aardig onder de knie begon te krijgen, nu hij weer een normaal leven kon leiden. Tussen hen ging het erg goed. Waarom was het dan nu mis gegaan?

Natuurlijk wist ze het antwoord: hij vond zich nog steeds niet goed genoeg voor zijn dochter en hij vertrouwde haar niet. Hij accepteerde haar in zijn leven, maar hij vertrouwde haar niet. Hoe langer ze daar zat, hoe meer ze er zelf ook van overtuigd begon te raken dat ze te ver was gegaan, dat ze zich te veel met zijn zaken had bemoeid. Dat hij inderdaad geen reden had om haar te vertrouwen, omdat ze achter zijn rug om zijn leven probeerde te regelen. Hoewel ze dat deed omdat ze van hem hield en ze wilde dat hij gelukkig was, had ze daar geen recht toe. Dit keer had ze het helemaal verpest, ze zat diep in de problemen. Nog nooit eerder, was ze zo ongelukkig geweest.

'Nic, het spijt me.'

Even dacht ze dat ze droomde.

De schommelbank veranderde van ritme, toen Ramon naast haar ging zitten en zijn armen om haar heen sloeg. Ze voelde dat hij haar dicht tegen zich aantrok. Gewillig liet ze dat toe.

Hij drukte een kus op haar slaap. 'Het spijt me,' fluisterde hij weer.

Zijn terugkomst was zo'n verrassing voor haar dat ze meteen weer in tranen uitbarstte. Hij zei niets, maar hield haar heel dicht tegen zich aangedrukt.

Het duurde erg lang voor ze was uitgehuild en ze naar hem op durfde te kijken. Tot haar schrik zag ze dat hij tranen in zijn ogen had, wat tot gevolg had dat die van haar ook weer begonnen te lopen.

'Ik hou van je Nic,' fluisterde hij voor ze iets had kunnen zeggen of doen. 'Het spijt me dat ik weer ben weggelopen. Het spijt me, dat ik tegen je heb geschreeuwd.'

Eigenlijk drongen zijn laatste woorden niet helemaal tot haar door. Hij had tegen haar gezegd dat hij van haar hield. Dat had hij nog niet gedaan sinds ze elkaar weer hadden ontmoet. Hij was teruggekomen, omdat hij van haar hield.

Teder drukte hij zijn lippen op de hare. 'Laten we naar binnen gaan.'

Nicole knikte langzaam maar ze maakte geen aanstalten om op te staan. Ze zat heerlijk dicht tegen hem aan en zijn woorden en zijn armen zorgden er voor, dat ze het snel warmer begon te krijgen. Ook Ramon bleef zitten.

Het was al donker toen ze uiteindelijk toch naar binnen gingen. Ze hadden geen woord gesproken. Ze hadden elkaar vastgehouden en af en toe gekust. Heel langzaam begon ze er op te vertrouwen dat het goed zat tussen hen, dat ze dit zouden redden.

'Ga zitten,' zei hij zachtjes, 'dan schenk ik iets te drinken voor je in. Dan word je weer een beetje warm.' Hij streelde haar gezicht en kuste haar daarna een keer teder.

Ze keek naar hem terwijl hij bezig was twee glazen met cognac te vullen. Het voelde allemaal een beetje onwerkelijk aan: alsof ze het droomde en hij weer weg zou zijn als ze wakker werd. Ze was er zó van overtuigd geweest dat het uit was, dat ze bijna niet meer aan een "Happy End" durfde te geloven.

'Ik hou van je Nic,' zei hij echter weer terwijl hij haar een van de glazen aangaf en naast haar ging zitten. 'Toen ik vanmiddag wegliep, was ik echt van plan om dit keer niet meer terug te komen. Ik heb mezelf de hele tijd voorgehouden, dat een relatie met jou niet goed voor me is. Omdat je je veel te veel met mijn leven bemoeit. Het is niet goed voor jou, omdat ik toch weer dezelfde fouten blijf maken. Ik schijn niet te leren, ik blijf je pijn doen.' Hij dronk een slok cognac en aarzelde, voor hij verder ging. 'Maar zonder jou, was ik niet waar ik nu ben. Ik vind het prettig, waar ik nu ben. Zonder jouw bemoeienis, zou ik niet zover zijn gekomen. Dan zou ik het, als ik het ooit weer eens had geprobeerd, bij de eerste tegenslag hebben opgegeven. Dan zou ik nog steeds op straat zijn. Jij bent er de afgelopen maanden altijd voor me geweest, wat voor idioots ik ook heb gedaan. Wat ik ook tegen je heb gezegd. Je hebt alles gegeven wat je had. Toen ik bedacht, wat ik allemaal zou missen als wij niet meer bij elkaar zouden horen, wist ik dat ik terug moest. Ik wist wat ik zou missen, omdat we dit al een paar keer hadden en toen kon ik ook niet ophouden, met aan je te denken en van je te houden. Ik wil niet meer zonder je zijn, omdat dat meer pijn doet, dan alles wat me pijn gedaan heeft. De gedachte dat we nooit meer samen zouden zijn, dat ik je nooit meer zou zien lachen. Nooit meer je haar los kon maken als je thuis komt. Je nooit meer vast kon houden... op dat moment heb ik geweten, dat ik naar je terug moest, voor altijd. Dat ik van je hou, voor altijd. Ik weet dat je me vanmiddag wilde helpen. Je wilt dat ik Sabine weer kan zien. Door jouw hulp is dat misschien mogelijk en ik heb je vreselijk veel pijn gedaan.' Hij haalde diep adem. 'Niet alleen nu, ik weet het. Ik heb met mijn idiote ideeën over een vaste relatie, over me aan iemand binden, jou helemaal vergeten. Maar wij hebben al lang een vaste relatie. We horen al bij elkaar vanaf de dag, dat we elkaar op straat weer zijn tegengekomen. Waarschijnlijk horen wij al bij elkaar sinds de dag dat we elkaar op school de allereerste keer hebben gezoend.' Hij zette zijn glas op tafel neer, maar richtte meteen zijn aandacht weer op haar. 'Ik hou van je Nic, dat meen ik heel erg serieus. Ik weet het heel erg zeker, ik ben er niet meer bang voor. Ik begrijp niet waarom ik bang was, voor een relatie die zo makkelijk was als jij de onze maakte. Nic, als je nog steeds geen genoeg van me hebt en me echt goed genoeg voor je vindt, zou je dan met me willen trouwen?'

Ze had zijn verhaal aangehoord, ze had gehoord, dat hij af en toe had gestotterd. Ze had ieder woord dat hij had gezegd geloofd. Ze wist inmiddels ook dat ze niet sliep en droomde. Dat het echt was wat er gebeurde, maar op zijn huwelijksaanzoek had ze helemaal niet gerekend.

Haar hart klopte wild en ze keek hem aan. 'Oh ja, Ramon. Natuurlijk ben je goed genoeg voor me. Je bent alles wat ik in mijn leven nodig heb. Het spijt me, dat ik soms zo'n bemoeial ben. Ik hou van je en ik wil met je trouwen.'

'Moet je daar niet eerst over nadenken?'

'Nee, dat hoef ik niet. Ik wil bij je zijn dat is alles wat ik echt wil. Ik ben heel erg graag bij je. Ik hou van je, Ramon en ik wil heel erg graag met je trouwen. Niets zal me gelukkiger maken dan dat.'